宇治敏彦 文・画

版画でたどる万葉さんぽ

恋と祈りの風景

新評論

癒しの木版画――すいせん文にかえて

山口仲美（日本語学者、埼玉大学名誉教授）

エピソード入りの文章

宇治さんと知り合ったのは、今から二〇年余り前のこと。日本語の現在・未来をどうするかということを審議する国語審議会（当時）という行政機関の会議の席でした。宇治さんは東京新聞の論説主幹。「日本語」に対する考え方が似ていたので、ときどき会話を交わすようになりました。あるとき、宇治さんはモゴモゴと言いました。

「僕は、仕事の合間に版画を彫っています。今度個展を開きますので、よかったら見に来てください。」

絵が好きな私は、興味津々で出かけました。銀座の画廊でした。そのときにふと漏らした私の感想がこの本のなかに出てきたので、思わず赤面してしまいました。詳しくは、本文でお楽しみください。

こんなふうに、この本は、版画にまつわるエピソードが挿入されています。エピソードには、版画を通して出会った政界人・経済人をはじめ、作家や住職といったさまざまな人物が登場し、それもこの本の

研究室での山口仲美さん

魅力になっています。もちろん、エピソードのほかに、この本の主題である万葉集の歌の意味、作者をめぐる人間模様、詠まれた場所などが分かりやすく、親しみやすく記されています。だから、スルスルと引き込まれ、サラサラと最後まで読んでしまいます。

素朴な書体でかかれた歌

さて、この本の一番の特色は、万葉集の歌と絵の版画です。まず、歌は素朴で味わいのある楷書体で彫られています。流れるような行書体や草書体ではなく、「益荒男振《ますらおぶり》」と言われる万葉集の作風にもビシッと合っている楷書体。しかも、歌を記す文字が、何よりも大切に取り扱われています。

歌が絵に邪魔されて、読めないなんてことはありません。たとえば、「**夕されば　小倉の山に　臥《ふ》す鹿の　今夜《こよひ》は鳴かず　寝《い》ねにけらしも**」という万葉集の歌があります。顔を寄せて愛しく思い合う二頭の鹿の絵の上に、この歌が彫られています。しかも、歌の句と句の間には行間を感じさせる空間をつくって、読みやすくする工夫がなされています。読みやすい書体、歌を前面に押し出した構図には、宇治さんの強いメッセージを感じます。「万葉集の歌をじっくり味わってくださいよ！」というメッセージです。宇治さんの万葉集の歌への愛が伝わってきます。

歌の雰囲気をかもしだす絵

歌に添えられている絵が、また楽しいんですね。歌の持つ雰囲気をうまく伝えてくる。

来《こ》むと言ふも　来《こ》ぬ時あるを　来《こ》じと言《い》ふを　来《こ》むとは待たじ　来《こ》じといふものを

これは、女流歌人・大伴坂上郎女《おおとものさかのうへのいらつめ》の茶目っ気あふれる歌。「あなたは、来るつもりと言っても、来ない時があるでしょ。まして、来ないつもりと言うんですから、来ると思って待つことなんてしないわ。来ないつもりって言うんですから」という意味です。ホントは来てほしいから、こんな茶化した歌を詠んで贈っているのです。

この歌に描かれた絵は何だと思います？　いかにもすっとぼけた埴輪の版画なんです。「ちちんぷいぷい、どうか来てくれますように」なんて、ユーモラスに祈っている姿に見える立ち姿の埴輪です。歌に対する宇治さんの解釈が絵に投影されているのですが、それが誠に余裕とユーモアにあふれていて、見る人の心を癒してくれます。

相思《あひおも》はぬ　人を思ふは　大寺《おほてら》の　餓鬼《がき》の後《しりへ》に　額《ぬか》つくがごと

という笠女郎《かさのいらつめ》の片思いの歌があります。「私を思ってもくれない人のことを思うなんて、大寺の餓鬼像の後ろから地にひれ伏して拝むようなものよ」という破れかぶれの面白さのある歌です。この歌に添えられた絵は何か？　西大寺の邪鬼像をモデルにしたような餓鬼が描かれているのですが、奇妙なおかしさがにじみ出ている版画となっています。餓鬼にしては太りすぎている。餓鬼の顔にしては怖くない。「俺って、そんなにダメ？」って情なさそうに問いかけてくる間抜け面《づら》です。歌のもつ、投げ出したようなおどけた雰囲気が見事にとらえられているのです。

明るさで歌を包み込む絵もあります。天智天皇が、妻の額田王や彼女の元の夫・大海人皇子を含んだ一行を引き連れて、薬草狩りのために蒲生野に行楽したときのこと。額田王は、元の夫が「愛しているよ」とばかりに袖を振るのを見て、「禁野の番人が見るわ、あなたが袖を振っているのを」といった内容の歌を詠みます。すると、元の夫は答えます、「人妻だと知りながらも袖を振るのは、美しい君が忘れられないからさ」といった内容の歌を。かなりきわどい内容の歌の贈答ですが、天智天皇の前で二人は堂々と詠んでいます。こうした内容の贈答歌にどんな絵柄を添えるか？　ひらけた野原に鳥が飛び、地面にはたくさんの薬草が生えている。空には太陽が描かれ、地上にさんさんと光をふり注いでいる。画面の手前には元の夫の振っている片袖が大きく描かれている。こんな絵を添えているのです。なんとものどかで明るい光景。今の夫の前でも、私たちは恥ずかしくない清い関係ですといった歌の雰囲気を巧みにとらえた絵柄なのです。だからこそ、二人のきわどい贈答歌は、肯定され、一層明るい輝きをはなって読者の心に訴えてきます。

歌と絵の融合

宇治さんの木版画は、歌と一緒に味わったときにもっとも効果を発揮します。たとえば、表情。宇治さんの彫った人物や動物たちの表情は、いくつかの解釈を許す幅の広さをもっています。ところが、じっと見ているうちに、「この馬、すごく困っている!」と特定の表情を強く感じはじめるのです。そこに書かれた歌の意味が作用してくるからです。「柵越しに麦を食べてしまう馬が飼い主にひどく叱られるように、僕も彼女の親にすごく罵られるけれど、困ったなあ、僕は彼女が恋しくてたまらないんだもん」といった内容の歌とともに示された馬は、困惑の表情を鮮明に表しはじめるのです。

歌と絵が融合して互いを生かし合って幸せな関係を築いているのが、宇治さんの版画絵です。それは、見る者に深い癒しを与えてくれます。

二〇一六年三月三日記す

ここにして
家やも何処
白雲の
たなびく山を
越えて来にけり
3/30
19 Jan 2016

はじめに

まだ日本に仮名文字がなく、国名も「日本」でなく「倭《やまと》」とか「大和」と呼ばれていた約一三〇〇年前に編纂された歌集、それが『万葉集』です。全二〇巻。仁徳天皇の皇后磐之媛《いわのひめ》作と伝えられる歌から淳仁天皇時代まで約三五〇年間につくられた長歌、短歌、施頭歌《せどうか》など約四五〇〇首が収められている日本最古の歌集です。しかも、時代ごとの天皇、皇族から宮廷官僚、僧侶、軍人（防人）、農民、主婦、若者、渡来（帰化）人に至るまであらゆる階層を網羅した、世界にも稀有な「国民歌集」というのが最大の特徴となっています。

掲載されている歌人は五〇〇人強で、約二〇〇〇の作者不詳の歌も含めると約二五〇〇人に及ぶ人たちの歌が収容されていることになります。掲載歌数のベスト5は、万葉集の最終的な編纂者とみられる大伴家持（四七九首）、初期の編纂者と考えられる柿本人麻呂（人麻呂歌集も含めて四四九首）、大伴坂上郎女（八五首）、大伴旅人（七八首）、山上憶良（七六首）です。

約七割が恋の歌です。そのほかに景色を詠んだ歌、家族への愛を表現した歌、植物や動物を愛でる歌、人生を考える歌、親しい人との別離を嘆く歌、季節の変化を捉えた歌などが盛り込まれています。たとえば、こんな具合です。

春過ぎて夏来《きた》るらし白たへの衣乾《ほ》したり天《あま》の香具山　（持統天皇）

田児《たご》の浦ゆ　うち出《い》でて見れば真白にそ不尽《ふじ》の高嶺に雪は降りける　（山部赤人）

多摩川にさらす手作りさらさらに何そこの児《こ》のここだ愛《かな》しき　（作者不詳）

みなさんもどこかで耳にしたことのある歌をはじめとして、森羅万象をテーマにした長歌、短歌が満載です。不思議なことに、今読んでもこれらの歌は新鮮なのです。むしろ、万葉期の人々が「すでにこんなことまで考えていたのか」と驚いてしまいます。

和歌の歴史は『万葉集』（古代の和歌集）、『古今和歌集』（平安前期の勅撰和歌集）、『拾遺和歌集』（平安中期の勅撰和歌集）、『新古今和歌集』（鎌倉時代前期の勅撰和歌集）、『小倉百人一首』（藤原定家が京都の小倉山荘で選んだとされる和歌集）などと連綿と続いてきました。これらの歌集はそれぞれ独立していますが、底流ではどこかでつながっています。その共通項は「大和ごころ」と言ってもいいでしょう。

小倉百人一首にも、万葉集と共通する歌が冒頭に四つ登場します。

秋の田の仮庵《かりほ》の庵《いほ》の苫《とま》をあらみ　わが衣手《ころもで》は露にぬれつつ　（1番・天智天皇）

春すぎて夏来《き》にけらし白妙《しろたへ》の　衣ほすてふ天の香具山　（2番・持統天皇）

あしびきの山鳥の尾の　しだり尾の　ながながし夜《よ》を　ひとりかも寝む　（3番・柿本人麻呂）

田子の浦にうち出でてみれば白妙《しろたへ》の　富士の高嶺に雪は降りつつ　（4番・山部赤人）

この四首は、いずれも万葉集から採られています。ただ、1番の天智天皇作は万葉集では「作者不詳」となっており、歌も「秋田刈る仮庵《かりほ》を作りわが居《を》れば衣手《ころもで》寒く露そ置きにける」（巻十の二一七四）と、百人一首とは多少の違いがあります。

2番と4番の歌も、比べてみればお分かりのように、「夏来るらし」（万葉集）が「夏来にけらし」（百人一首）、「真白にそ」（万葉集）が「白妙の」（百人一首）などと微妙な違いが見られます。また、百人一首では柿本人麻呂作となっている3番の歌も、万葉集では「作者不詳」です。しかも万葉集では、「思へども思ひもかねつあしひきの山鳥の尾の長きこの夜を」（巻十一の二八〇二）

を補足する形で、「ある本の歌に曰《い》はく」として「あしひきの山鳥の尾のしだり尾の長長し夜を独りかも寝む」の一首が掲載されています。

どれが元歌なのか、どの表現が正しいのか、判定は困難です。それぞれの歌集が編まれた時点で編者が選んだものとして、現代の私たちは素直に受け入れることにしましょう。本書では、「恋」「祈り」「潤い」「花香」「古都賛歌」に分けて、筆者が描いた木版画やペン画とともに万葉集を紹介していくことにします。所々で、地図や写真なども掲載していきます。「万葉さんぽ」をされるときなどの参考にしてください。

私が万葉集の版画を制作するようなってから四〇年が経ちました。そもそも版画づくりに抵抗なく入り込んだきっかけは、棟方志功（一九〇三〜一九七五）、川上澄生（一八九五〜一九七二）、平塚運一《うんいち》（一八九五〜一九九七）といった木版画作家の作品や作風に感銘して、早稲田大学の学生だった一九五八年に「ベートーベンに捧ぐ」と題する九〇センチ四方の木版画をつくったのが最初でした。

そして、怖いもの知らずというか、無謀にも東京都杉並区荻窪（当時）に住んでいた棟方志功さんに見てもらおうと、友人の助けを借りて二人して版画を抱えて出掛けていきました。事前の了解もないという押し掛け訪問です。ご本人は不在でしたが、折り返し志功先生から、「立派な、大きな御作拝見よろこびでした。この会（棟方志功が主宰していた日本板画院展）に出品くださるようねがい上げます」という主旨の葉書が届きました。このときの喜び、お分かりいただけるでしょうか。

それをきっかけに、版画づくりに熱が入りました。とはいえ、万葉集を終生のテーマに決めたのは、一九七六年、大伴家持の挽歌を彫ってからです。一九五三年に早稲田大学付属高等学院に入学したとき、「同期生で同人雑誌を発刊しようじゃないか」と言い出したのは河出朋久君（当時の河出書房社長の長男）でした。彼は「白葉集」という短歌集も出している歌人ですが、悲しい過去を抱えていました。とても可愛がっていた妹を失ったのです。

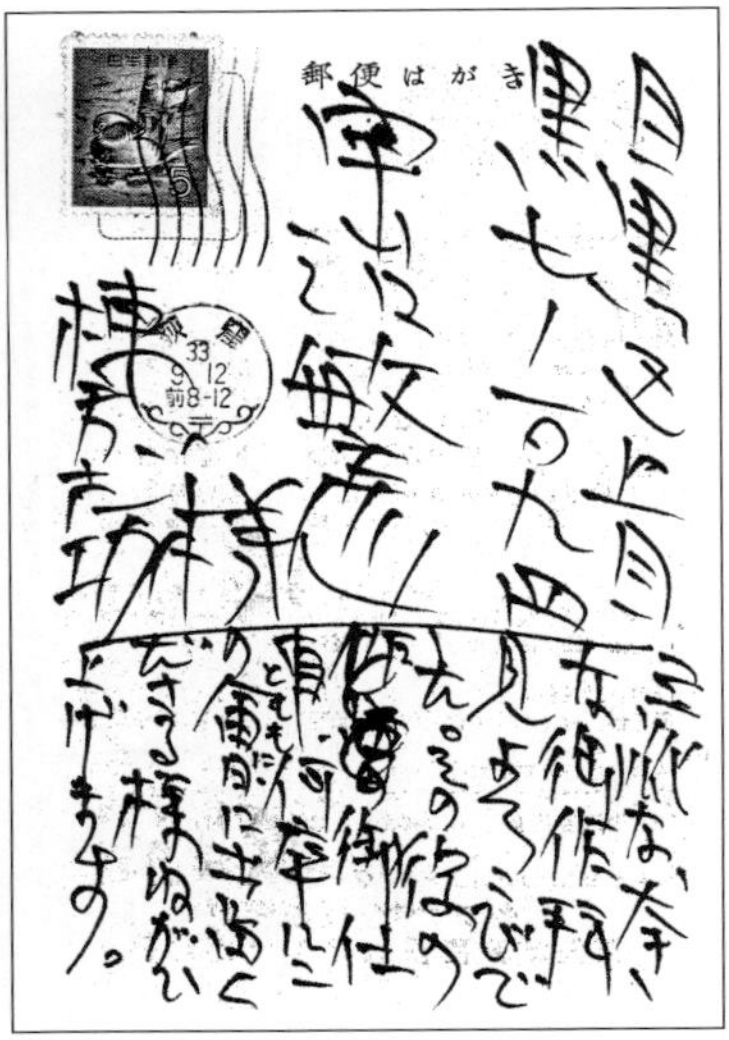

棟方志功からの出品要請

棟方志功から届いた手刷りの年賀状

幼くて逝きし妹よ
我が部屋のふすま開きて
お茶運び来よ

（河出朋久）

この短歌を版画に彫って、彼に贈りました。河出君は、この版画を大事に飾ってくれました。そのころ、「人生とは何か」とか「死とは何か」を考えていた筆者は、もっと人間の死について考えてみたいと思うようになり、終生の師となった長島健先生（故人、元早稲田高等学院長）と個人的なお付き合いを重ねるなかで、万葉集の大伴家持の一首に出会いました。

うつせみの世は常なしと知るものを秋風寒み偲《しの》びつるかも　（巻三の四六五）

それからちょうど四〇年になります（この歌の版画は九〇ページに掲載）。この間、どのくらいの万葉歌を版画にしたことか。数えたことはありませんが、多分たかだが数百枚というところでしょう。四五〇〇首を彫り上げるのは、来世に行ってからになるでしょう。

万葉版画にかかわってきたおかげで、万葉学者の中西進奈良県立万葉文化館名誉館長や日本語学者の山口仲美埼玉大学名誉教授からさまざまな教示を受けることができ、個展を開いたり、『木版画　萬葉秀歌』（蒼天社出版、二〇〇九年）を出版することができました。また、小生の本来の職業である新聞記者としても、内政クラブで人事院を担当したときに版画という共通の趣味で佐藤達夫総裁（日本国憲法制定当時の内閣法制局部長で、昭和天皇の植物採集時のお供役でもあった）と懇意になり、お互いに新作版画ができるたびに交換するなど、懐かしい思い出が残っています。

「暮らすめいと」というタフロイド版の生活情報紙があります。東京新聞の関連紙ですが、風岡龍治前編集長（故人）からの依頼を受けて、二〇一〇年一月から「万葉のこころ」という万葉木版画の連載を現在も続けています。今回の出版は、龍谷大学の出身で社寺仏閣にも通じた武市一幸新評論社長の「若い世代の、とくに女性たちに日本の宝である万葉集を分かってもらえるような本をつくってほしい」という要請に基づいて企画されたもので、「暮らすめいと」の出口雅昭編集長からも全面的な協力を得て実現したものです。

木版画、ペン画とともに、古代日本人の心豊かな日々が織り込まれた「恋と祈りの万葉集」に、あなたのひとときを委ねてみませんか。

1月 東京新聞 暮らすめいと
第87号
東京新聞読者の生活情報紙

大和には群山あれど
とりよろふ天の香具山
登り立ち国見をすれば
国原は煙立ち立つ
海原は
鷗立ち立つ
うまし国そ蜻蛉島
大和の国は

万葉のこころ

大和には群山《むらやま》あれど
とりよろふ　天《あま》の香具山《かぐやま》
登り立ち国見をすれば
国原は煙立ち立つ　海原《うなはら》は
鷗《かまめ》立ち立つ　うまし国そ
蜻蛉島《あきづしま》
大和の国は
舒明《じょめい》天皇

巻1の2

の歌。「大和には多くの山があるが、なかでも天の香具山がよい。その頂に立って周囲を眺めると、随所に飯炊きの煙が立ち、海からは鷗が飛び立っている。大和の国はなんと美しいことか」。六二九年に即位した舒明天皇は、都を飛鳥岡本宮に移した。大和には耳成山、香具山、畝傍山の三山がある。このうち香具山は歌人に好まれ、持統天皇も「春過ぎて夏来《きた》るらし白たへの衣乾《ほ》したり天の香具山」という一首を残している。

（版画と文　宇治　敏彦）

（本文の155ページも参照）

もくじ

第1章 恋

甘樫の丘から見た香具山

第2章

祈り　35

第3章

潤い 67

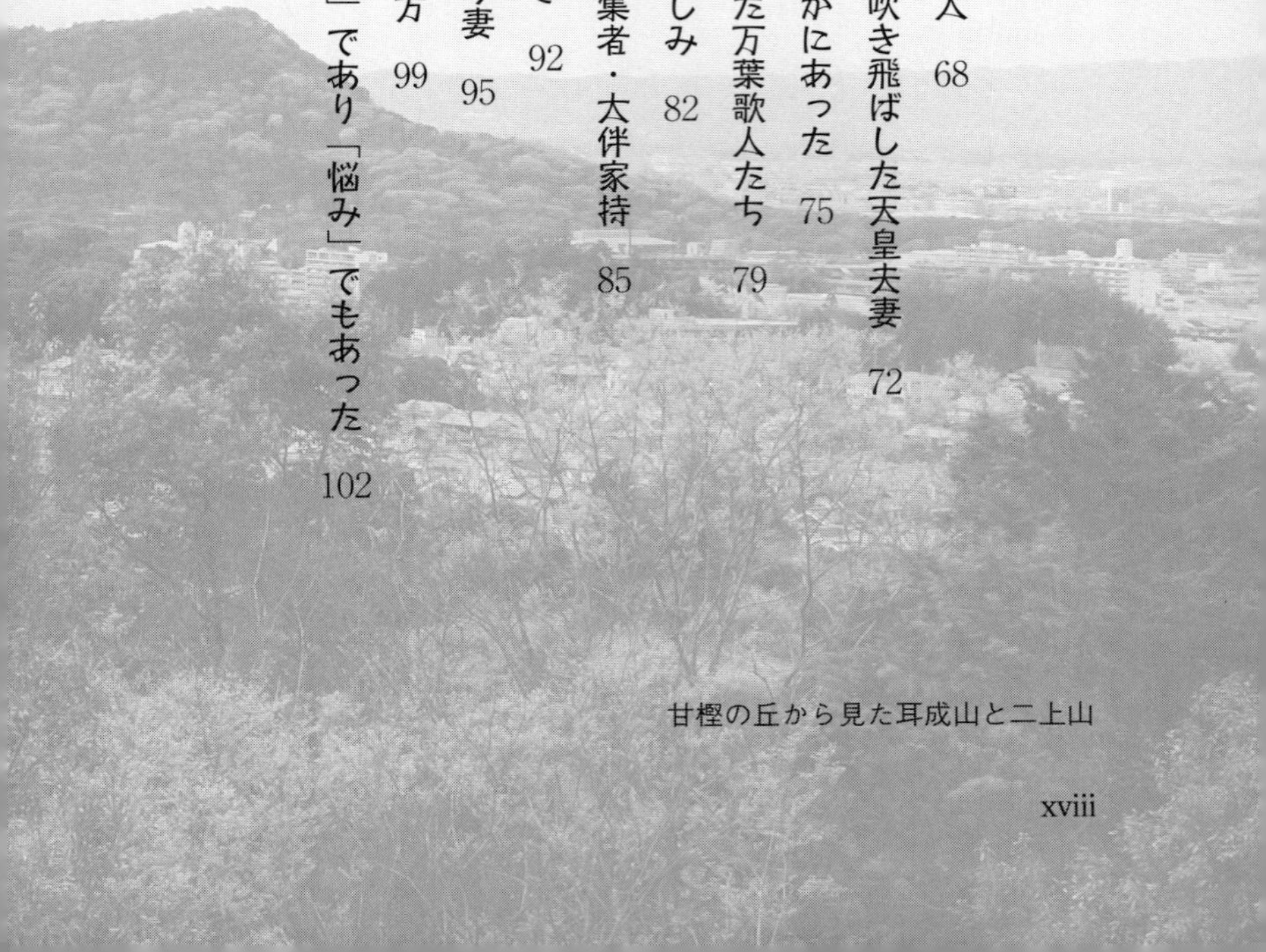

甘樫の丘から見た耳成山と二上山

第4章 花香 107

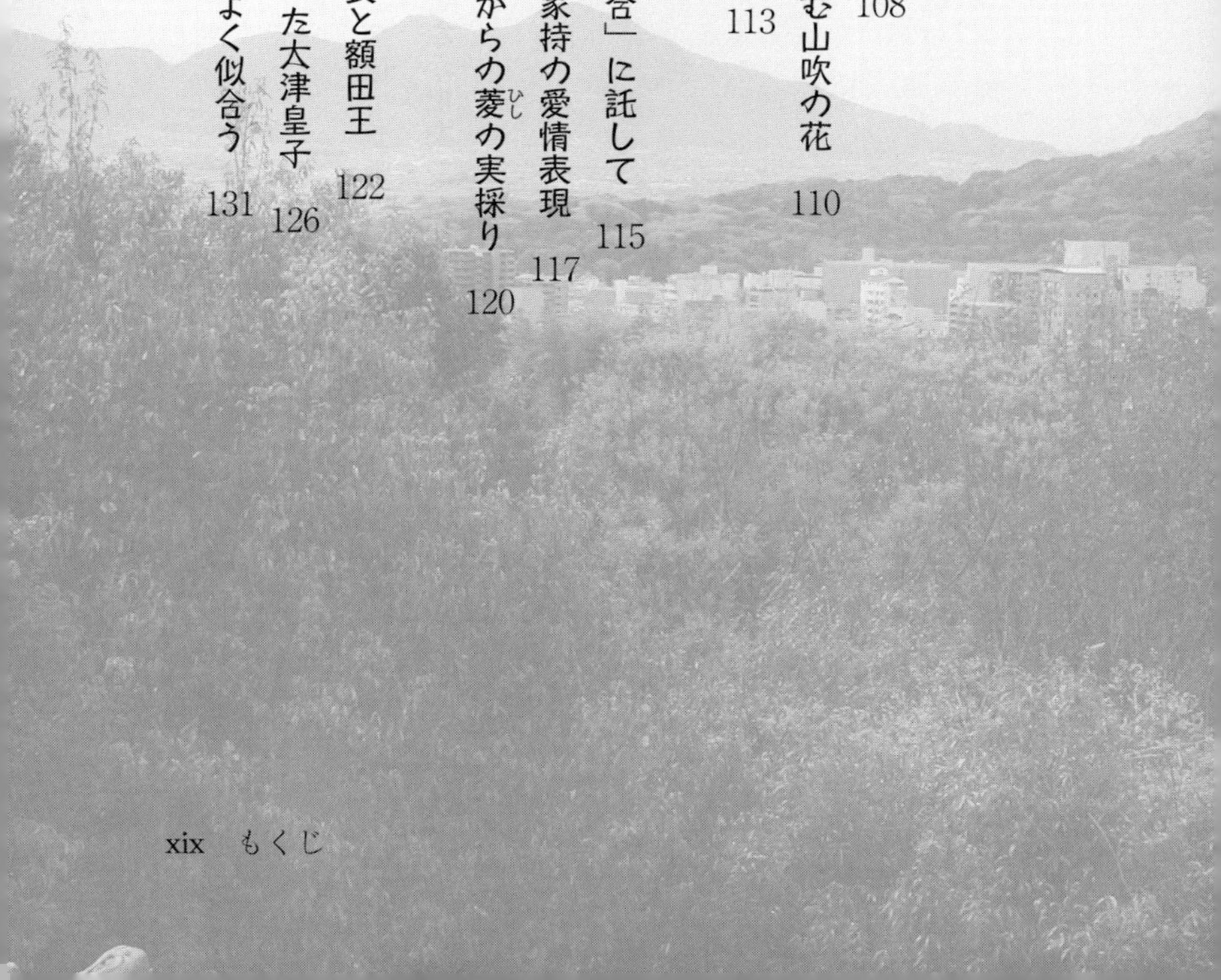

平城宮跡

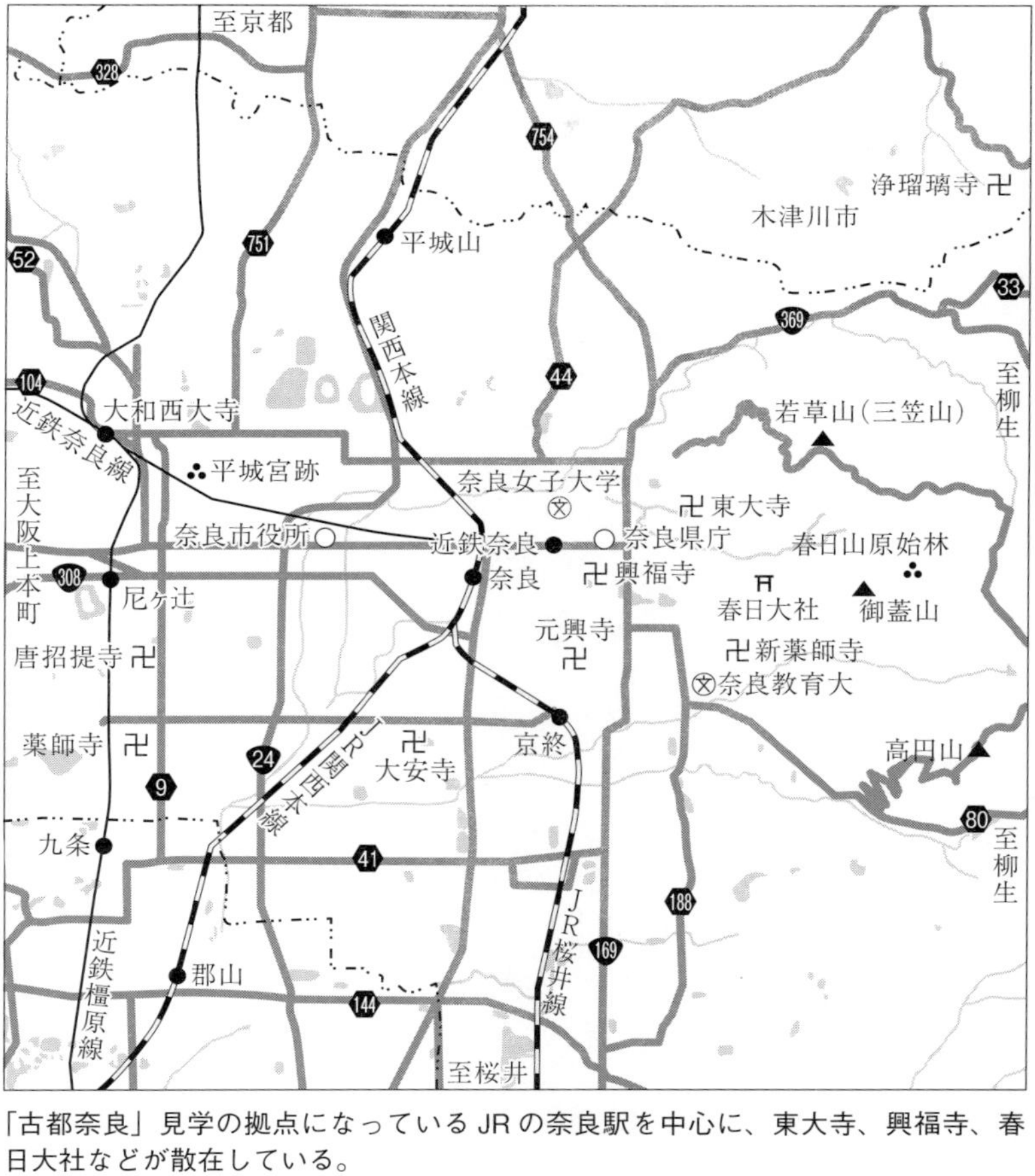

「古都奈良」見学の拠点になっているJRの奈良駅を中心に、東大寺、興福寺、春日大社などが散在している。

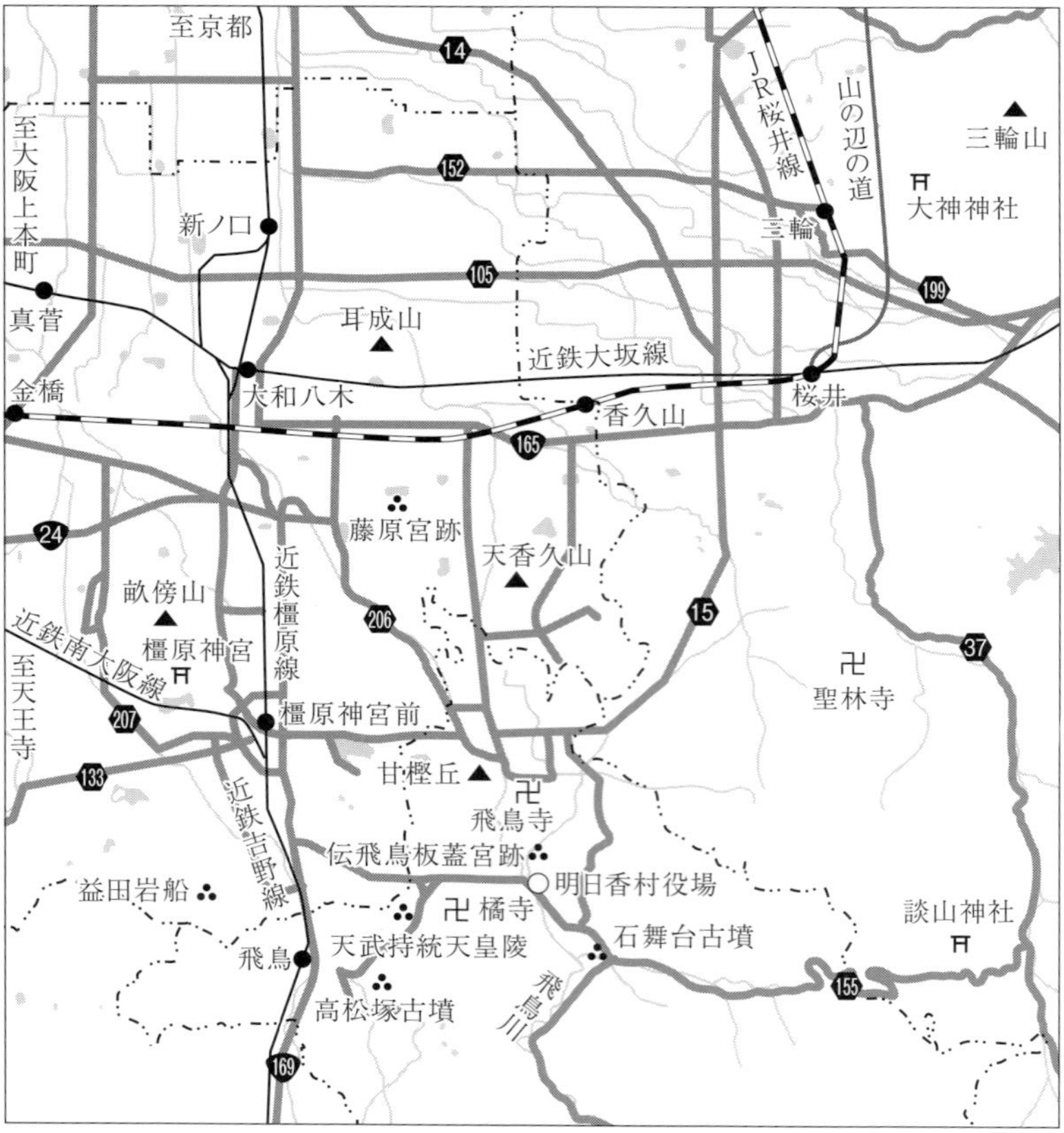

飛鳥浄原宮、藤原宮など、歴代天皇の宮があった古代政治の中心地。日本最古の寺「飛鳥寺」もあり、明日香は日本人の「心のふるさと」とも言える。

版画でたどる万葉さんぽ——恋と祈りの風景

第1章

恋

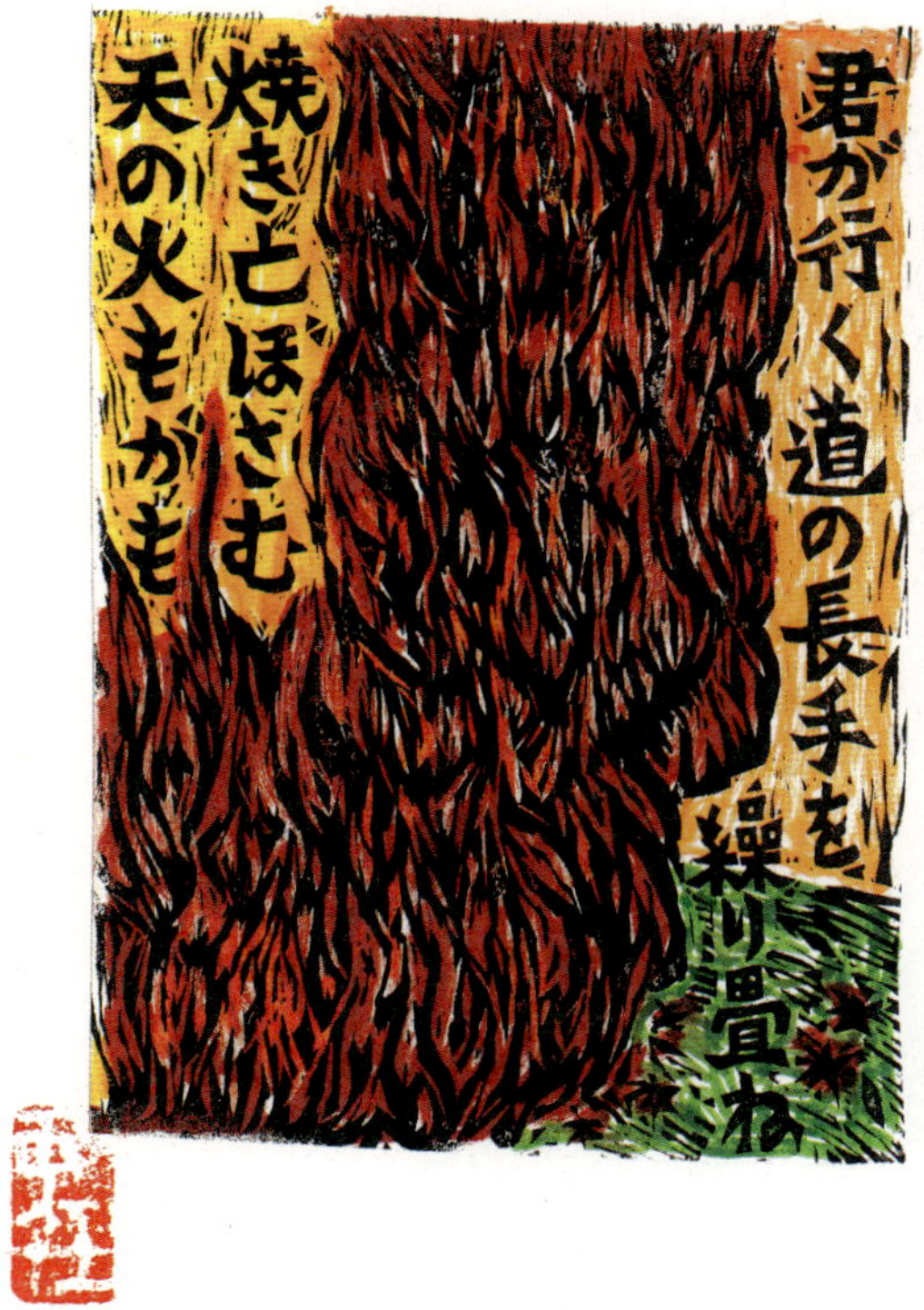
君が行く道の長手を繰り畳ね
焼き亡ぼさむ
天の火もがも

一 「道を焼き払いたい」と歌った新妻の情念

君が行く道の長手を繰《く》り畳《たた》ね　焼き亡ぼさむ天《あめ》の火もがも

（巻十五の三七二四　狭野茅上娘子《さののちがみのおとめ》）

こんなに激しい情念が、どこに潜んでいるのでしょうか。作者は、ご覧のとおり女性です。「あなたが行く長い道を折りたたんで焼き尽くしてしまいたい。天よ、そのような火を私にください」という意味です。

現代風に言い換えれば、「あなたが車で走っている高速道路を爆破して、それ以上進めないようにするため、神様、どうか私に大きな爆弾をください」というところかもしれません。一三〇〇年以上も前の日本に、このように激しい気性の女性が存在していたのです。

狭野茅上娘子は、兵部大輔（現在なら防衛省幹部）だった中臣朝臣東人《なかとみあそみあづまひと》の子息である宅守《やかもり》と結婚しますが、天皇の怒りに触れて、宅守は越前国味真野（現在の福井県越前市）に左遷となってしまいます。

なぜ、天皇の怒りを買ったのでしょうか、その真相は分かりません。ただ、娘子は蔵部《くらべ》（財務省の役人）の女嬬《にょじゅ》（女官）だったとされていますから、天皇の顔見知りで、お気に入りの女性だったのかもしれません。また彼女は、伊勢神宮の女官で、禁じられていた恋をしたからという説もあります。宅守は「勅《みことのり》（天皇の命令）して流罪」と伝えられていますから、天皇の逆鱗に触れたというのは事実のようです。

新婚の夫婦は別離を嘆き、お互いに歌を通して愛と悲しみを共有するのですが、その短歌は万葉集に掲載されているものだけでも六三首にも及びます。冒頭の歌はその一首です。六三首の内訳は、妻が二三首、夫が四〇首ですから、都落ちした宅守のほうが数のうえでは多いのですが、歌の内容を見ると、妻の激しさと対照的に夫の女々《めめ》しさが目立ちます。

たとえば、宅守《やかもり》が嘆く次のような歌があります。

うるはしと吾《あ》が思ふ妹を思ひつつ
行けばかもとな行きあしかるらむ
（巻十五の三七二九）

美しいと私が思うあなたを思慕しながら行くせいでしょう。地方転勤とは、こんなにも不安で、心もとないものなのでしょうか

かくばかり恋ひむとかねて知らませば
妹をば見ずそあるべくありける
（巻十五の三七三九）

これほどまでに恋が苦しいと以前から分かっていたら、あなたとは会うべきでなかった

これに対して妻は、次のように激しい恋心を歌に詠み込んでいます。

他国《ひとくに》は住み悪《あ》しとそいふ
速《すみや》けく　早帰りませ恋ひ死なぬとに
（巻十五の三七四八）

他国は住みづらいと言います。早く帰っていらっしゃい。恋しくて私が死んでしまわないうちに

天地《あめつち》の底ひのうらに吾《あ》が如く
君に恋ふらむ人は実《さね》あらじ
（巻十五の三七五〇）

世界中で、私ほどあなたに恋をしている人はいないでしょうね

この二人、その後、どうなったのでしょう。数年後、宅守《やかもり》は赦免になって都へ戻ったと思われ

ます。というのも、娘子《おとめ》の歌に次のような一首があるからです。

帰りける人来《きた》れりと言ひしかば
ほとほと死にき　君かと思ひて
（巻十五の三七七二）

罪を許されて帰って来た人がいるというので、喜びで死にそうになりました。あなたかと思って

実際に二人が再会を喜びあった歌は、残念ながら残っていません。

2

二人の天皇から寵愛を受けた万葉歌人――額田王《ぬかたのおおきみ》

君待つとわが恋ひをれば
わが屋戸の簾《すだれ》動かし
秋の風吹く
（巻四の四八八および
巻八の一六〇六　額田王）

万葉集の代表的な女流歌人である額田王は、大海人皇子《おおあまのみこ》（のちの天武天皇）と結婚して十市皇女《とおちのひめみこ》を産みます。しかし、後年、大海人皇子と別れて天智天皇（大海人皇子の兄である中大兄皇子）の後宮に入りました。

この歌は後宮に入ってから詠まれたもので、「君待つと」の君は天智天皇を指しています。「簾が揺れるのであなたがいらっしゃったのかと心躍らせましたが、秋の風でした」と、嘆く心を詠んでいます。

ＮＨＫＥテレの『趣味どきっ「恋する百人一首」』で案内人を務めた山口仲美埼玉大学名誉教授は、筆者の個展でこの版画を見たとき、「額田王が老けて見えるわね」と感想を漏らしました。「それはそうですよ。天智天皇の夜の訪れの回数が減って来たころですから」と筆者は答えましたが、額田王と言えば才色兼備との印象が拭えない歌人ですから、「美人はいつまでも美しく」という山口さんの気持ちも分からないではありません。

万葉文化館（奈良県）の依頼を受けて作詞家の新井満氏は、この歌を中心に万葉集の五首を「万葉恋歌　ああ、君待つと」という演歌に仕立てています。二〇〇九年、大晦日のＮＨＫ紅白歌合戦で、艶やかな衣装を着用した小林幸子が歌いあげました。千数百年後に演歌になった歌を、泉《せん》下《か》（死後の世界）の額田王はどんな思いで聴いたことでしょう。

額田王と天智、天武両天皇の関係は非常に微妙なものでした。それを象徴する歌を紹介しましょう。有名な問答歌ですから、耳にした方もいらっしゃるでしょう。

あかねさす紫野行き標野《しめの》行き
野守は見ずや君が袖振る

（巻一の二十　額田王）

紫草《むらさき》のにほへる妹を憎くあらば
人妻ゆゑにわれ恋ひめやも

（同巻の二十一　大海人皇子）

天智天皇の後宮に入った額田王は、六六八年、同天皇に連れられて琵琶湖の南側にある蒲生野《がもうの》（滋賀県東近江市八日市界隈）に薬草狩りに出向きます。天智の弟で、額田王の元夫である大海人皇子や群臣たちも随行していました。当時、薬草

は貴重なものでしたから蒲生野一体は天皇領として管理されており、番兵役の「野守」も配備されていました。

「天皇領の紫野で元夫のあなたが私にそんなに手を振ったら、野守に見つかってしまうではありませんか」と詠んでいるわけですが、ここには、「今、寵愛されている天智天皇の耳に入ったら困るじゃないの」という額田王の困惑ぶりがうかがえます。

それに対して大海人皇子は、「紫草のように美しいあなたが憎ければ、人妻だから恋なんかしませんよ」と、元妻にまだ未練たっぷりの秘めた心を返します。

天智天皇がこの場面を見ていたらと想像すると、胸がドキドキしてきますね。最初は、弟の大海人皇子と結婚して一女をもうけ、しばらくしてから天智天皇の愛を受けて後宮に入った額田王。二人の天皇に愛された女性としては、幸せであった半面、常に兄弟の両天皇を秤にかけていた一面があったにちがいありません。

天智天皇の死後、大海人皇子は天智の第一皇子である大友皇子（母は伊賀采女宅子娘《いがのうねめやかこのいらつめ》）との間で「壬申の乱」(1)を繰り広げることになるですから、両天皇との三角関係が陰に陽に作用していた

（1）天智天皇の死後、皇位継承をめぐって六七二年（壬申の年）に起きた内乱。瀬田の決戦で大友皇子の陣営が敗れ、大友皇子は自害した。その後、大海人皇子は天武天皇として即位している。

妹背の像
大海人皇子
額田王

ということになります。と同時に、額田王はそれを乗り越えるだけの才覚をもっていました。

実はこの問答歌、薬草狩りのあとに天智天皇の主催で開かれた宴会の席で、天智に所望されて額田王と大海人皇子の二人がその場で取り交わした歌なのです。満座の前で堂々と、

「みっともないから手を振らないで」

「いや、君が依然としてきれいだから今も好きだよ」

とやれば、天皇をはじめとして群臣たちはやんや、やんやの大喝采であっただろうと想像されます。あるいは、それが大海人皇子の狙いで、大勢の前で率直に明るく振る舞うことで兄の疑念を晴らそうとしたのかもしれません。

3

「待つ」ことの切なさを歌った二首

何すとか使の来つる君をこそ
かにもかくにも待ちがてにすれ
（巻四の六二九　大伴四綱《おおとものよつな》）

来むといふも来ぬ時あるを来しといふを
来むとは待たじ来じといふものを
（巻四の五二七　大伴坂上郎女《おおとものさかのうえのいらつめ》）

最初の歌は、大宰府の防人《さきもり》などを務めた大伴四綱が宴会の席で女性の気持ちになって披露した恋歌です。「来ないというあなたの手紙を持って使いの方が来ましたが、なんということをされたのでしょう。たとえいらっしゃらなくても、私はあなたをお待ちしていたいのです」という心情を歌ったものです。

これほど繊細な女心を男性が歌いあげるところが興味深いのですが、もともとは女性がつくって伝承されていた歌を、四綱が宴席でお披露目したという説もあります。

二首目の歌は、額田王以後ではもっとも有名な女流歌人である大伴坂上郎女(2)の作です。彼女の歌は、万葉集には八五首(3)掲載されています。生没年は不詳ですが、大伴旅人の異母妹、大伴家持の叔母にあたります。生涯に、穂積親王《ほずみしんのう》、藤原麿《ふじわらまろ》、大伴宿禰宿奈麿《おおとものすくねすくなまろ》と三回結婚しています。大伴家持と同様、万葉集の編さんに関与したという説も残っています。

「あなたは、来るつもりだと言って来ないときがある。ましてや、来ないつもりと言うのですから、来るだろうなんて思って待つことはいたしません。来ないつもりだというのですから」とい

---

(2)「郎女」という表記に関してだが、「大伴坂上郎女」の場合は「郎女」を使用し、「笠女郎」「藤原女郎」「紀女郎」「平群女郎」「中臣女郎」などは「女郎」とする。各種万葉本の表記を参考にした。

(3) 長歌六、短歌七十八、旋頭歌一が掲載されている。研究者によっては、八四首、八六首とされているが、筆者は『万葉集歌人集成』(中西進ら編、講談社、一九九〇年)に基づいた。

う歌意ですが、「来」という音が五か所に出てくる一種の語呂合わせの歌となっています。

以上の二首に共通しているのは、「待つ」というのが恋のキーワードになっていることです。とくに先の一首では、「使いなど寄越さないで。私はあなたを待ち続けていたいの」と恋い焦がれる人を描写して、一方的に「待つ」ことの切なさや耐え忍ぶ力を表現しています。

それに対して次の一首では、「来ないというのだから待ちませんよ」と強がりを言っているようにもうかがえますが、その裏側では「早く来てちょうだい」という女心が透けて見えます。恋の駆け引きというより、それぞれ作者の恋心が「丸見え」という感じがしますね。

4

「なまじ来てくれるな」という女心の複雑さ

さす竹の節隠《よご》りてあれ　わが背子《せこ》が吾許《わがり》し　来ずはわれ恋ひめやも

（巻十一の二七七三　作者不詳）

「竹の節に籠るように、あなた方は自宅に籠っていてください。あなたがなまじ来てくれると、帰ったあとで恋しさが倍増します。来なければ、こんなにも苦しまなくてすみます」という歌意です。

万葉の時代は「通い婚」といって男性が女性の家に夜訪ねていき、翌朝に帰るというのが一般的な習わしとなっていました。したがって、作者は女性

さす竹の節
隠りてあれ
わが背子が
吾許し
来ずは
われ
恋ひめやも

とみていいでしょう。

それにしても、①来てくれるのは嬉しい、②でも、帰ったあとは恋しさが募る、③だから来ないで家にいてください、という理屈は複雑な女心を象徴しています。普通なら、「恋しいからもっと頻繁に来てください」というところです。それを「恋しさが倍増するから来ないで」というのは、男としてどのように受け止めたらいいのか迷ってしまいます。

この女性の歌をまともに解釈して、「では、我慢して行かないでおこう」と竹の節に籠るように自宅で蟄居《ちっきょ》していたら、相手の女性は果たして納得するでしょうか。強がりを言ったものの、やはり来てほしいというのが作者の本意と受け止めたほうがいいようです。

「女心と秋の空」という言葉があるように、乙女の気持ちは大海に漂う小舟のように、右に左に、前に後ろに、と大きく揺れ動きます。「来ないで、来ないで」は「来て！　来て！」ということかもしれません。女性の心の複雑さは、すでに万葉の時代からあったことを証明している一首だと言えます。

5 いつの世も「親の目が怖い」のが恋の悩み

馬柵《うませ》越しに
麦食《は》む駒の詈《の》らゆれど
なほし恋しく思ひかねつも
（巻十二の三〇九六
作者不詳）

「柵越しに首を延ばして麦を食べる馬が飼い主からこっぴどく怒られるように、私も通っている彼女の母親からひどく罵られるけれど、やはり彼女が恋しくてならない」と歌っています。きっと、彼女の母親は、「もっと甲斐性がある男がいるでしょうに……」と娘にぶつぶつ言っているのでしょうね。

男性のほうも、彼女から好かれるだけでなく、彼女の母親にも好印象をもたれるように努力しないと、恋路は哀れな終幕を迎える可能性が高いということでしょう。

馬といえば、故鈴木善幸元首相が現役議員のころ、よく地方出張に同行したり懇談をする機会がありましたが、非公式な会合で揮毫《きごう》を頼まれた鈴木元首相は「馬」という字を書いていました。それも鏡に映った逆文字の「馬」で、「これは左馬と言って縁起がいいんだよ。これを持ってると、きっといいことがあるよ」という講釈つきで書いていました。

旅先で左馬の揮毫をする故鈴木善幸元首相

そうかと思うと、まったくプライベートな宴会では、ティッシュペーパーを頭にリボンのように付けて、ゴルフに行けるようにと「照る照る坊主照る坊主、明日天気にしておくれ」の替え歌を踊りとともに披露するような人でした。
椎名悦三郎自民党副総裁（故人）が「善幸さんは候文でモノを言う」と評したぐらい謹厳《きんげん》実直《じっちょく》だった鈴木氏に「こういう一面もあるんだなあー」と、妙に感心したことを覚えています。
次の歌も男性が好きな女性に猛アタックをかけているところですが、「親のことなんか気にかけなくていいよ」と、強がりを言っているようにも聞こえます。

みさごゐる荒磯《ありそ》に生《お》ふる
名乗藻《なのりそ》のよし名は告《の》らせ
親は知るとも

（巻三の三六三　山部赤人）

「みさごの住んでいる荒磯に生えている名乗藻のように、名前を教えてください。親に知れたっていいじゃないですか」という意味です。歌にある「みさご」とはタカ科の鳥で、トビと同じぐらいの大き

さです。海辺に生息し、魚を見つけたら急降下して捕まえます。そして「名乗藻」とは、「莫告《なのり》藻《そ》」とも書く藻の一種です。

「名乗藻」と「名はのらせ」を、語呂合わせに使っているのがミソです。「巻十二の三〇七七」にも似たような歌（作者不詳）があります。「告《の》らせ」が「告《の》らじ」に変化しているだけの違いです。

現代的に言えば、「おやじギャグ」みたいな語呂合わせが万葉集のなかにたくさん出てくることにびっくりします。柿本人麻呂のような「歌聖」と言われる歌人でも語呂合わせの歌をつくっていますし、天武天皇の「**よき人のよしとよく見てよしと言ひし芳野《よしの》よく見よ　よき人よく見**」（巻一の二十七）に見られるように、天皇自身も語呂合わせやおやじギャグを楽しむ時代だったようです（第５章「古都賛美」一五一ページを参照）。

今、皇室の人たちが歌会始め(4)で同じような歌を披露したとしたら、国民から必ずしも歓迎されないでしょうね。その点では、万葉時代の歌づくりは「何でもあり」の、おおらかな気風が天皇や皇族の間にもあったと思われます。

（4）　天皇が年の初めに催す歌会を「歌御会始」という。鎌倉時代の一二六七年一月一五日に宮中で行われており，『外記日記』には「内裏御会始」と明記されている。以後，年の始めの歌御会として位置づけられた歌会の記録が見られる。二〇一六年の勅題《ちょくだい》は「人」となっている。宮内庁のホームページ参照。

6

「動物」に託して打ち明ける恋心

今夜《こよい》の暁《あかとき》降《くた》ち鳴く鶴《たづ》の思ひは過ぎず
恋こそまされ　（巻十の二二六九　作者不詳）

この夜が明けて鳴く鶴のように、私の物思いも止まらない。恋心が増すばかりだ

旅にして物恋しきに鶴が声《ね》も
聞えざりせば恋ひて死なまし

（巻一の六七　高安大島《たかやすのおほしま》）

旅で物悲しい思いをしているが、鶴の鳴き声が聞こえなかったら家が恋しくて死んでしまうだろう

鶴が音の聞ゆる田井に廬《いほり》して
われ旅にありと妹に告げこそ

（巻十の二二四九　作者不詳）

鶴の鳴き声が聞こえる田んぼに廬をつくって、私は旅をしていると妻に伝えてほしい

鶴に託して恋心を歌った三首です。万葉集に登場する鳥は五〇種にも及び、そのベスト5は、①ホトトギス（一五五首）、②雁（六六首）、③ウグイス（五一首）、④鶴（四五首）⑤鴨（二九首）となっています。[5] このような感性は、都会で生活する現代人にはリアリティーのないものとして映るでしょう。でも日本には、まだまだこのような風景を残している所がたくさんあります。次の二首はどうでしょうか。

夕されば小倉の山に臥《ふ》す鹿の今夜は鳴かず寝《い》ねにけらしも

（巻九の一六六四　雄略天皇《ゆうりゃくてんのう》）

夕されば小倉の山に鳴く鹿は今夜は鳴かずい寝《ね》にけらしも

（巻八の一五一一　崗本天皇《おかもと》）

近鉄・ＪＲの桜井駅から南に約二キロの高台にある聖林寺《しょうりんじ》は、(6) 藤原鎌足の子である定慧《じょうえ》が父の供養に建てた寺で、藤原一族を祀っている談山・妙楽寺（現在の談山神社）の支院の一つとされています。十一面観音（国宝）と本尊である子安延命地蔵菩薩で有名ですが、同時に門前から三輪山や大和盆地を一望できる古刹としても知られています。

境内を散策していたとき、「『夕ざれば……』の掲載歌は、この寺周辺での光景を詠んだものである」という案内が掲示されてい

(5) 中西進監修『図解雑学　楽しくわかる万葉集』ナツメ社、二〇一一年参照。

(6) 奈良県桜井市六九二。近鉄・ＪＲ桜井駅から奈良交通バス「談山神社行き」で一〇分、「聖林寺」で下車してすぐ。安産・子授け祈祷の寺としても知られている。

雄略天皇が鹿の歌を詠んだ小倉山はこの辺りとされる聖林寺周辺

ました。実は、「小倉の山」というのがどこを指すのか、学者の間でも「舒明天皇陵に近い忍坂周辺ではないか」などの説もあってはっきりとはしていません。でも、改めて聖林寺の境内を見廻すと、急な裏山には鹿が住んでいたにちがいない雰囲気が漂っていました。寺務所にいた関係者に聞いたところ、「先々代の住職がここを小倉山と確認して、書いた案内です」ということでした。

歌の作者についても、雄略天皇、崗本天皇（高市岡本なら舒明天皇、のちの岡本なら斉明天皇）説があり、確定していません。二つの歌の違いは「臥す」か「鳴く」かの違いだけで、同一人物の作と見てよいでしょう。「夕方になると鳴く小倉山の鹿が今宵は鳴かない。もう寝たのであろうか」と作者は推測します。鹿は鶴と同様に、仲の良い夫婦を象徴する生きものという印象が古代からあったことがうかがえます。夫婦鹿が鳴かないのは愛の営みをしているからだろう、と深読みする評者もいます。

さ男鹿《おしか》の妻どふ時に月をよみ雁が音聞《きこ》ゆ今し来《く》らしも

（巻十の二一三一　作者不詳）

一方、この歌は男鹿が女鹿を呼んでいる場面です。「折しも月が美しいので、雁の鳴き声が聞こえてくる。今にも雁が姿を見せるだろう」という意味です。ちなみに、「さ男鹿」の「さ」は、名詞などの前に付けて語調を整えるために使われたようです。

現在、鶴に託す気持ちを得るには、北海道の釧路湿原や山口県周南市、鹿児島県出水市などといった所に行かなければなりません。一方、鹿であれば、修学旅行などでも行く奈良公園や厳島神社（広島県）などがあります。奈良公園の鹿をイメージして、日本最古の道である山辺の道を歩き、聖林寺まで足を延ばしてみるという旅もいいかもしれません。

さ男鹿の
妻どふ時に
月をよみ
雁が音聞ゆ
今し来らしも

7
「植物」にたとえて詠んだ恋歌の代表作

夏の野の繁みに咲ける姫百合の知らえぬ恋は苦しきものぞ

（巻八の一五〇〇　大伴坂上郎女）

路の辺《へ》の壱師《いちし》の花のいちしろく
人皆知りぬわが恋妻を

（巻十一の二四八〇　柿本人麻呂）

わが情《こころ》ゆたにたゆたに浮蓴辺《うきぬなはへ》にも
奥《おき》にも寄りかつましじ

（巻七の一三五二　作者不詳）

動物と同様、植物にたとえて恋心を詠んだ歌もたくさんあります。ここでは、そのなかから三首を紹介しました。一首目は、「夏草の繁みにひっそりと咲いている姫百合のように、人知れず思う恋はつらいものです」という歌意で、大伴坂上郎女の作（版画は一一五ページに掲載）です。先にも紹介したように（一五ページ参照）、生涯に三回も結婚するなど、必ずしも一直線の幸せ街道を歩いた女性ではありませんでした。それだけに、恋多き女と言いますか、さまざまな恋愛経験をしたようです。大伴家持に恋の手ほどきをしたのも彼女ではないかという説が有力です。

ほかに百合が登場する歌としては、「**筑波嶺《つくばね》の　さ百合の花の夜床《ゆとこ》にも愛《かな》しき妹そ昼も愛しけ**」（巻二十の四三六九　大舎人部千文《おおとねりべのちふみ》）などがあります。「筑波山の百合を飾った夜の床。いとしい妻は夜だけでなく昼もいとしい」

というわけですが、思わず部屋の中を想像してしまいます。

二首目に登場する「壱師《いちし》」とはヒガンバナ（曼珠沙華）のことです。「道端に咲くイチシの花はすぐ人目につくが、私の恋しい妻のことも、みんなにすぐ知られてしまった」という意味です。「イチシ」と「いちしろく」（著しく）を音でひっかけています。イチシを歌ったのは、万葉集では柿本人麻呂のこの一首だけです。

筑波嶺の
さ百合の花の夜床にも
愛しけ妹そ昼も愛しけ

三首目の「浮蕁《ぬなは》」とはジュンサイのことです。池や沼に根を下ろし、水面に楕円形の葉を広げることから「うきぬなは」とも呼ばれています。花期は夏ですが、五月ごろにヌルヌルとした若芽が出て、それが食用に供されてきました。歌では、「私の心はゆらゆらと揺れ動くジュンサイのようなもので、岸にも沖にも寄っていくことはできないだろう」と、揺れ動く恋心を表現しています。

8

どうにも止まらない恋心

相《あい》思はぬ人を思ふは大寺《おおでら》の餓鬼《がき》の後《しりえ》に額《ぬか》づくがごと

（巻四の六〇八　笠女郎《かさのいらつめ》）

相思はぬ
人を思ふは
大寺の
餓鬼の後に
額づくが
ごと

「思ってもくれない人のことを思うなんて、大きい寺の役にも立たない餓鬼像を後ろからひれ伏して拝むようなものよ」という歌です。

笠女郎の短歌は万葉集に二九首掲載されていますが、全部が「片思い」の歌といっても過言ではありません。その相手は誰かというと、大伴家持です。家持は従妹の坂上大嬢《さかのうえのおおおとめ》と結婚しますが、それまでに多くの女性たちと交遊があったようです。

笠女郎は、ちっとも自分のほうを振り向いてくれない家持に嫌気がさしたのか、この歌では「大寺にある餓鬼像を後ろから拝むようなもの」と自らを卑下しています。「餓鬼像」とは、餓鬼道に落ちた凡人がつくった仏像のことで、拝んでも何の御利益もないということを意味しています。女性とは思えないようなたとえです。

一方「大寺」とは、奈良の興福寺や元興寺など、当時栄えた寺を指しています。両寺とも近鉄・JRの奈良駅から歩いてすぐの所にあり、散策するには最高のロケーションと言えます。ご存じのように、興福寺には有名な阿修羅像（第2章参照）が祀られていますし、元興寺の禅室と本堂の屋根には日本最古（飛

元興寺の禅室と本堂の屋根

鳥時代）の瓦を見ることができます。

彼女がつくった極めつきの片思いの一首を紹介しておきましょう。「もし、恋のなかに死ぬというのなら、私は千回も死を繰り返すことでしょう」という次の歌です。振られても振られても、大伴家持を想う彼女の心情を想像してみてください。

思ふにし死《しに》するものにあらませば千遍《ちたび》そ　われは死に返《かへ》らまし（巻四の六〇三）

万葉集には、次のような一首もあります。

いかにして恋《こ》ひ止《や》むものぞ　天地《あめつち》の神を祈れど吾《あ》は思《も》ひ益《まさ》る

（巻十三の三三〇六　作者不詳）

「どうしたら恋心が止まるのだろう。私は天地の神々に一生懸命祈っているのですが、止まるどころか、あの人への思いが募るばかりです」と、ある人のことを諦めようと努力している様子がうかがえます。

人を恋する心は、はるか昔から同じようなものだったようです。異性を求める行為は、鶴や白鷺の舞などにも象徴されるように、人間だけでなくすべての生きものにあるもので、生物が地球上に存在するかぎり続いていくでしょう。

浅草の三社祭りに「白鷺の舞」というのがあります。東京一〇〇年を記念して浅草観光連盟が一九六八年にはじめた催事で、白鷺装束をした若者たちが舞いを披露しながら進みます。掲載した版画は浅草寺の慶安縁起絵巻にある祭礼行列をモデルにしたものです。恋は「どうにも止まらない」は人間の性《さが》であること教えている万葉歌を、白鷺の舞をモデルにして彫ってみました。

第2章

祈り

興福寺の阿修羅像（ペン画）

六道の阿修羅は「闘争神」だった？

寺寺の女餓鬼《めがき》申さく　大神《おおみわ》の男餓鬼《お》賜《たば》りて　その種子《たね》播《ま》かむ

（巻十六の三八四〇　池田朝臣《いけだのあそみ》）

仏造る真朱《まそほ》足らずは　水たまる池田の朝臣《あそみ》が鼻の上を掘れ

（同巻の三八四一　大神朝臣《おおかみのあそみ》）

大和人もユーモアに富んでいたことを証明する、掛け合い漫才のような二首です。池田朝臣が大神朝臣の痩《や》せている姿を餓鬼のようだと評して、「寺寺の女餓鬼たちが噂していますよ。大神の男餓鬼をいただいて、その子種を増やしましょう」と詠むと、これに怒った大神が赤っ鼻の池田朝臣を皮肉って、「仏像を造る際に赤土が足りなかったら、池田朝臣の鼻の上を掘ればよい」と返しています。

万葉集の時代にはすでに仏教思想が普及していましたから、「餓鬼」という六道輪廻の一つも、役人や庶民の間で日常的に使われていた言葉と思われます。すなわち、現世での行いによって来世での落ち着き先も決まるという考えから、「人間」「天界」「阿修羅」「畜生」「地獄」「餓鬼」という六つの世界をイメージしたのです。前半の三つは「まずまず」、後半の三つは「最低の来世」というわけです。もっとも、死後の霊魂は不滅で、そこでも六道輪廻が繰り返されると考えられていました。

このうちユニークなのは阿修羅で、お釈迦さまが考えた当初の五道輪廻説には含まれておらず、のちに加わった概念です。「修羅場」という言葉があるように、阿修羅とは梵語「Asura」からくる「争い」「戦い」を意味します。そのため、六道のなかでは「人間」以下の存在と位置づけられています。しかも、善悪で言えば、インドではインドラ神（帝釈天）などと戦った「悪の神」とされていました。しかし、中央ア

興福寺の東金堂と五重塔

ジアを経て、仏教の世界では「仏法の守護神」へと変化しました。

奈良・興福寺の八部衆像にある阿修羅像は、日本人の間で非常に人気の高い国宝です。三面六臂（三つの顔、六つの腕）の多彩な能力をもった仏像として造られたものですが、インドでの「闘争神」というイメージはなく、真正面を一途に見つめる少年のような純真さが多くの人々を惹きつけています。

掲載した二つの短歌のうち「餓鬼」を皮肉った池田朝臣の歌は、痩身を侮辱しているところから仏教そのものを風刺したのではないかという見方も研究者の間にはあります。一方、池田朝臣の鼻をあざけった大神朝臣の歌は、『今昔物語』の「池尾禅珍内宮供鼻物語」、『宇治拾遺物語』の「鼻長き僧の事」、さらには夏目漱石が絶賛した芥川龍之介の短編小説『鼻』（一九一六）を思い出させます。

それらの原型がすでに万葉集の嘲笑歌にあったことを思うと、人間のユーモア精神も、六道輪廻のように長い時代の経過のなかで繰り返し循環しているのかもしれません。こんなことをイメージしながら古典文学や近代文学を読むと、これまでとは違う読書が楽しめるはずです。

2

三重塔の再建にかけた井上慶覚師の「夢」

あをによし
寧楽《なら》の京師《みやこ》は咲く花の
薫《にお》ふがごとく今盛なり
（巻三の三二八　小野老《おののおゆ》）

歌集「鹿鳴集」で有名な歌人・書家の会津八一《あいづやいち》は、筆者が学んだ早稲田大学付属高等学院で英語を教えていた時期がありました。そのとき学生だった一人に、本書の「まえがき」にも書いた長島健氏（早稲田高等学院長などを歴任）がいました。自ら「会津先生の孫弟子」と称していた長島さんは、「会津宅で書籍整理の手伝いをしているうちに寝込んでしまい、気が付いたら体に会津先生の褞袍《どてら》が掛けられていた」と昔話をしてくれました。かなり深い師弟関係だったようです。長島さんが書く文字や書は、会津八一の字にそっくりでした。恩師を慕うあまり、字も似てしまったのでしょう。

早稲田高等学院で東洋史や世界史を教えていた長島さんから筆者が教わったのは、歴史より「大和に学ぶ」ということでした。先生の影響もあって、私は一九五六年、政経学部をすすめた父の意見を押し切って早稲田大学の文学部に進学しました。そして、最初の夏休みに、京都市右京区花園にあった祖父母の家を足場にして、京都と奈良を探訪しました。そのうちの四日間は奈良・斑鳩の法輪寺に泊めてもらい、法隆寺が主催する夏季講座に通いました。

当時、法輪寺の井上慶覚和尚は法隆寺の教務部長を兼ねていましたが、さばけた導師で、毎夜、さびれた居間で若者を相手にしての世間話に応じてくれました。石原慎太郎・元東京都知事が『太陽の季節』で芥川賞を受賞した（一九五五年）直後のことでしたが、慶覚和尚は「太陽族といわれる若者の実態とは、本当はどうなんでしょうなあ」などと私に尋ねるような人でした。

その慶覚さんには、一つの大きな夢がありました。敗戦直前の一九四四年七月二一日、落雷で焼失した法輪寺の三重塔（国宝）を自分の代に再建したいという願いです。再建の勧進に全国を飛び回っていた和尚に「私も何かお手伝いできれば」と申し出ると、小生が木版画を彫っていることを知って、「では、私が『夢』と揮《き》毫《ごう》したものを便箋にしたいから木版にしてくれますか」と頼まれました。それが下に掲載した版画です。いささかでも寄進に貢献できたことをうれしく思っています。

井上慶覚和尚の書を筆者が版画にした「夢」

『五重塔』という作品がある幸田露伴の娘・幸田文さん（作家）も、慶覚和尚の心意気に感じて印税などを寄進したほか、一九七三年には東京から斑鳩に転居するほどの熱の入れようでした。

こうした甲斐もあって、三重塔は一九七五年三月に創建当時の様式で竣工し、同年一一月、落慶法要が執り行われました。和尚の「夢」は現実となったのです。ただ、残念なことに、ご本人はその六年前に病死され、復元後の姿を見ることはできませんでした。

法輪寺の三重塔は、今も

あをによし寧楽《なら》の京師《みやこ》は
咲く花の薫《にお》ふがごとく今盛りなり

に花を添えています。

法輪寺の三重塔

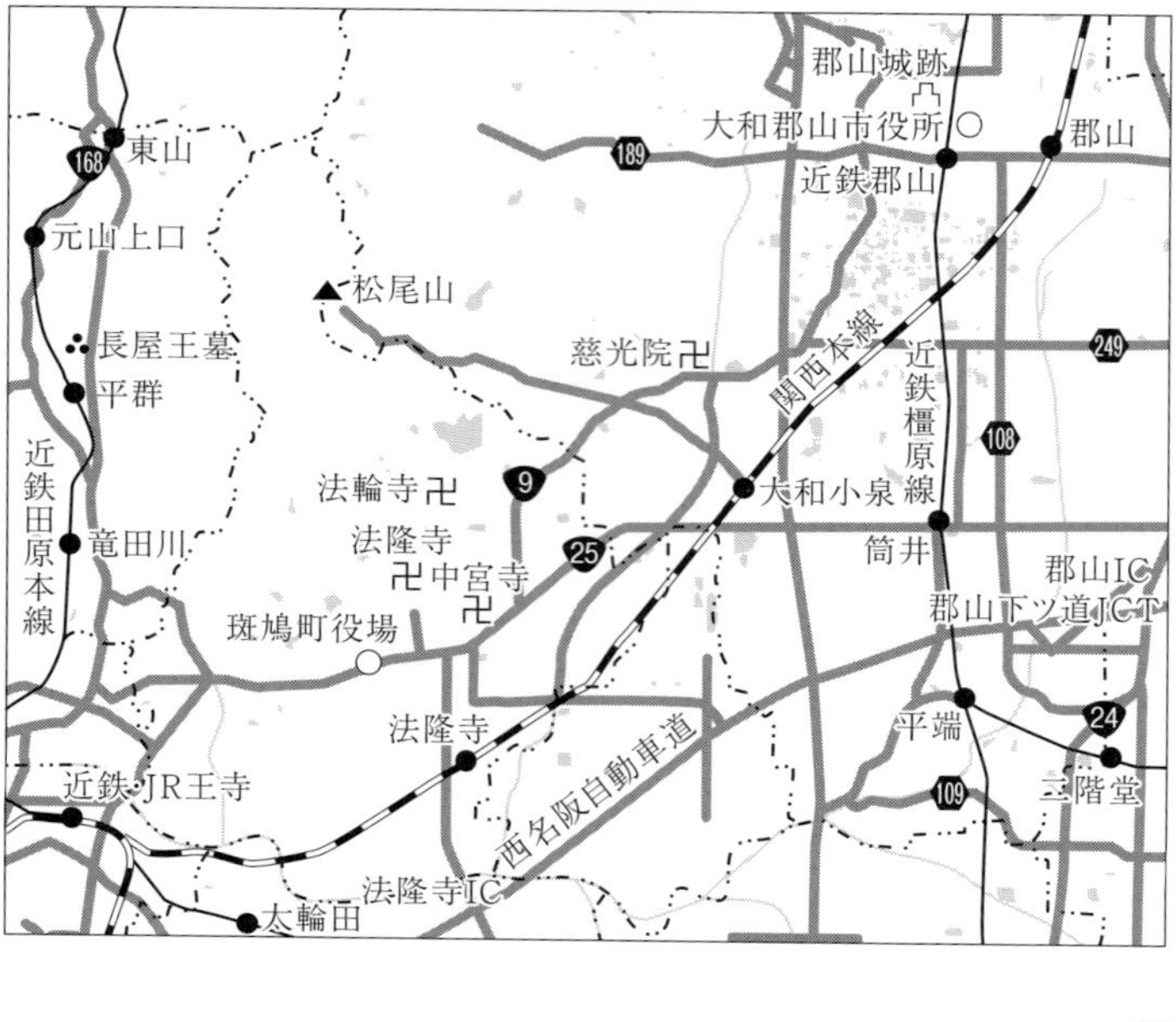

3

子どもたちの成長を祈った山上憶良

瓜食《は》めば子ども思ほゆ　栗食はめばまして思はゆ
何処《いづく》より来《きた》りしものそ　眼交《まなかひ》に
もとな懸《かか》りて安眠《やすい》し寝《な》さぬ

（巻五の八〇二　山上憶良）

瓜を食べると子どものことが思い出される。栗を食べると余計に思い出される。いったい、子どもとはどこからやって来たものだろう。目先に子どもたちの姿がちらついて、安眠もできない

銀《しろかね》も金《くがね》も玉も何せむに
勝れる宝　子に及《し》かめやも

（巻五の八〇三　山上憶良）

銀も金も玉《ぎょく》も何の役に立つというのか。子どもに勝る宝などどこにあろうか

この二つの歌の作者である山上憶良は、天智天皇時代に百済から来た渡来人、山上憶仁（侍医）の子どもという説が有力です。七〇一年に第七次遣唐使少録（書記官）に選ばれ、三年ほど唐の都に滞在しています。

帰国後は、皇太子（のちの聖武天皇）の教育係などを務めたと言われています。七二六年ごろに筑前（福岡県）の国司となり、大宰府の大伴旅人宅で開催された梅花の宴に参加したという記録も残っています。

これらの歌の前には、なぜ子どもが可愛いかについて憶良自身が書いた次のような序文がついています。

瓜食めば
子ども
思ほゆ
栗食めば
まして
思はゆ
何処より
来りしものそ
眼交に
もとな懸りて安眠し
寝さぬ
3/50
Aug/2014

釈迦如来が、「衆生を思うことは、わが子ラゴラを思うに等しい」と言っておられる。また、「わが子を愛する以上の愛はない」とも説教のなかで言われている。このように、大聖人でさえも子を愛する煩悩をもっておられるのだから、私たち凡人が子どもを可愛く思うのは当たり前のことだ。

山上憶良は「貧窮問答歌」に代表される社会派歌人と言われるように、貧困や人生の別離などを庶民目線で歌にしています。父親とともに滅亡した百済《くだら》から日本に渡来してきた苦労が歌にも影響しているのでしょう。そのなかで、猫可愛いがりのように子どもに対してデレデレと目じりを下げている憶良の姿が浮かびあがってきます。

しかし、ただ子どもを溺愛するだけではなく、どうか幸せであって欲しいと切に祈る父親像がこの二首から強く感じられます。いつの時代も、親というのは子どもを心配するものです。

銀も金も
玉も
何せむに
勝れる
宝子に
及かめやも

4　どこにいても「大和」が懐かしい

阿倍の島　鵜の住む磯に
寄する波　間なくこのころ
大和し思ほゆ
（巻三の三五九　山部赤人《やまべのあかひと》）

阿倍の島は鵜が住むところ。その浜に波が絶え間なく押し寄せるように、最近はたえず大和のことが思い出されてならない

作者である山部赤人は、私の好きな万葉歌人の一人です。とくに、風景を詠んだら一番ではないでしょうか。次の一首は、みなさんもよくご存知でしょう。

田児《たご》の浦ゆ　うち出て見れば真白にそ不尽《ふじ》の高嶺に雪は降りける　（巻三の三一八）

山部赤人の人生は明らかではありませんが、下級公務員だったようです。聖武天皇の吉野行幸に随行するなど、宮廷歌人的な役割も果たしていました。また、全国各地を旅したようで、「叙景詩人」とも言われています。

ちなみに、滋賀県東近江市下麻生町には、山部赤人を祀る山部神社と、赤人の創建であり、終焉の地とも伝わる赤人寺があります。一方、奈良県宇陀市には、「赤人の墓」と伝わる五輪塔が額井岳《ぬかいだけ》（八一二・三メートル）の麓にあります。このような言い伝えからも、さまざまな所を旅したということが分かります。

でも、どこにいても「心の故郷」とも言える大和が忘れられなかったようです。淋しくなるたびに、明日香（飛鳥）のほうを向いて手を合わせていたのかもしれません。歌にある「阿倍」がどこの地名を指すのかについては諸説あり、大阪か兵庫、もしくは和歌山の沿岸であろうと言われています。ちょっと、その場所を特定したくなる一首です。

5

関東出身者が多かった防人たちの喜怒哀楽

父母が頭《かしら》
かき撫《な》で幸《さ》くあれて
いひし言葉ぜ
忘れかねつる

（巻二十の四三四六　丈部稲麿《はせつかべのいなまろ》）

七五五年二月、駿河国から筑紫（九州）に派遣された防人の歌です。「父と母が私の頭をなでて、『無事でいろよ』と言ってくれた言葉が忘れられない」という歌意です。

万葉集の「巻二十」には、防人の歌が一〇〇首近く収録されています。百済《くだら》からの要請を受けて、六六三年、中大兄皇子のもとで朝鮮半島に出兵した大和軍の船団は白村江《はくすきのえ》で唐・新羅の連合軍に大敗を喫しました。これを契機に、中大兄皇子は都を近江大津に移すとともに、「防人」など国内の防衛体制を強化しました。

「防人」とは、九州沿岸で外敵の侵入を防止する自衛官の役目をした男たちのことです。律令によれば、二一歳から六〇歳までの男たち約三〇〇〇人が三年任期で徴用されていました。その大半は、駿河（静岡県）、信濃（長野県）、相模（神奈川県）、武蔵（東京都）、下総・上総（千葉県）、下野・上野（栃木県）など関東や信州の出身者でした。

防人たちに歌を献上させ、選別して万葉集に掲載したのは、防人を管轄する立場にあった大伴家持とされています。防人が詠んだ歌の特徴は、両親や恋人との別れを惜しみ、愛する人々のために身を捧げる決意を歌いあげているところにあります。

大君の命《みこと》畏《かしこ》み磯に触《ふ》り海原《うのはら》渡る父母を置きて

（巻二十の四三二八　丈部造人麿《はせつかべのみやつこひとまろ》）

大君の御命令を受けて、磯にふれる危険を冒しつつ海を渡っていく。父母を後に残して

立薦《たちこも》の発《た》ちの騒ぎにあひ見てし
妹《いも》が心は忘れせぬかも

（巻二十の四三五四　丈部与呂麿《はせつかべのよろまろ》）

防人として任地へ出発するという忙しさのなかで、妻に会ったときの気持ちが忘れられない

いつの世も変わらない光景と思いませんか。太平洋戦争末期に特攻隊として出撃していった若者たちも、万葉期の防人と同様の思いであったことでしょう。そういえば、先の大戦で学徒出陣した若者たちが戦地に赴く際に文庫本の「万葉集」を持参したケースが多かったようです。

現在、安倍政権下で新安保法制によって自衛隊の海外での活動範囲が広がり、軍事衝突に遭遇することも予想されます。これからの自衛隊員もまた、防人や特攻隊と同じ気持ちを味わうことになるのでしょうか。万葉学者の中西進さん（日本ペンクラブ副会長）は次のように語っています。

「防人の歌」は単に家族を思う気持ちや叙情にとどまらない。いきなり家庭から戦場へと向かう悲しみを歌った。背後にやがて急速に軍事力を増強しようとした政治があり、現在の日本と「防人の歌」が重なって見える。（二〇一五年三月一七日、朝日新聞夕刊）

6 歌聖・柿本人麻呂の多情な恋

もののふの八十《やそ》宇治川の網代木《あじろき》に　いさよふ波の行く方知らずも

（巻三の二六四　柿本人麻呂）

長歌、短歌、さらに自選した歌集（柿本朝臣人麿之歌集）も含めると、柿本人麻呂の歌は万葉集に多数収められており、「歌聖」の称号をもつ歌人として知られています。しかし、持統天皇の時代に活躍した下級官吏ということ以外に、詳しい経歴は分かっていません。石見国（島根県西部）で亡くなったと言われていますが、当時は六位以下の官僚だったようです。

全国にいくつかの柿本神社があります。近鉄御所線の「新庄駅」に近い奈良県葛城市の柿本神社をはじめ、島根県益田市、兵庫県明石市、和歌山県海南市などです。その一つに祀られている木像を参考にして、このような容姿ではなかったかと版画を彫ってみました。

ここで挙げた一首は、鴨長明の『方丈記』にある「**行く川の流れは絶えずしてしかももとの水にあらず、よどみにうかぶ水沫《うたかた》はかつ消えかつ結びて久しくとどまりたるためしなし**」とよく比較されます。言うまでもなく、人麻呂の歌のほうが五〇〇年以上前に詠まれたものです。「勢いよく流れる宇治川のように、朝廷に仕えた多くの人たちの行方も測りがたいものだなあ」という意味です。かつて、大津宮として栄えた近江（滋賀県）から京都に戻ったときに詠んだ一首とみられます。豪族の「八十氏《やそうじ》」と「宇治川《うじがわ》」の、ウジを語呂合わせしています。

宇治といえば平等院ですね。藤原道長の別荘をその子どもである藤原頼通が仏寺に改造したもので、一〇五三年に造営された鳳凰堂（国宝）は一〇円硬貨にも使われています。平等院にある多数の雲中供養菩薩は、さまざまな天女が登場して見飽きることがありませんが、筆者は楽器を演奏したり、踊ったりする天女群をペン画として描きました（五三ページのほか一六二、一六三ページも参照）。

平等院の雲中供養菩薩（ペン画）

山川の水陰《みかげ》に生《お》ふる山菅《やますげ》の
止《や》まずも妹《いも》は思ほゆるかも

（巻十二の二八六二）

山や川の岸辺の陰に生える山菅［藪蘭《やぶらん》の古名］のように、止むこともなく君のことを思っている

雷神《なるかみ》も少し動《とよ》みて
さし曇り雨も降らぬか君を留《とど》めむ

（巻十一の二五一三）

雷が少し轟いて、曇りから雨になってくれないかな。そうすれば、あなたを留めておくことができるのに

山川の
水陰に
生ふる山菅の
止まずも妹は
思ほゆるかも

雷神も少し動みて
さし曇り
雨も降らぬか
君を留めむ

雷神の少し動みて降らずとも
われは留《とま》らむ妹《いも》し留めば　（同十一の二五一四）

雷が轟いて、少し雨が降るなどしなくても私は
留まろう。お前が留めるなら

柿本人麻呂は、愛妻家であると同時に好きな女性がほかにもいたようで、男女関係の機微に触れた歌を残しています。この三首のうち、「雷神」の二首は男と女の掛け合いになっていますが、雷を巧みに使っているところが心憎いですね。

男性を引き留める理由に雷を利用しようという女性と、雷なんて関係ない、お前の引き留め方次第だという男性。要は、少しでも長く一緒にいたいという口実づくりです。まさに、恋の核心を突いていますね。こうした心の機微を一三〇〇年以上も前に歌にした柿本人麻呂という歌人は、歌聖であると同時に優れた心理学者であったと言ってもいいでしょう。

7 「風だけでも来てよ」と祈る熟女の孤独感

風をだに恋ふるは羨《とも》し風をだに来《こ》むとし待たばなにか嘆かむ

（巻四の四八九および巻八の一六〇七　鏡王女《かがみのおおきみ》）

神奈備《かむなび》の磐瀬《いわせ》の杜《もり》の呼子鳥いたくな鳴きそ我が恋増さる

（巻八の一四一九　鏡王女）

鏡王女は、額田王の姉という説や、舒明天皇の皇女という説があります。天智天皇の寵愛を受け、のちに藤原鎌足《かまたり》の妻になったとも言われています。この時代の皇族の男女関係は幾重にも重なりあっていて、現代では想像もできないくらいの近親相姦となっていました。

額田王の姉という説の根拠の一つになっているのが先の一首です。万葉集では、この歌の前に「**君待つとわが恋ひをればわが屋戸の簾動かし秋の風吹く**」（巻八の四八八）という額田王の有名な歌（第1章の2参照）が載っています。それを受けてつくられたのがこの一首です。「あなた（額田王）が、たとえ風だけであっても恋をしているのは羨ましいわ。風だけでも来てくれるなら、私みたいに嘆いたりしないわよ」というのです。

　このように言って、天智天皇の来訪を待ち続けている妹を慰めているのです。その姉も、一時、天智と深い関係にあったとされる説もあります。このあたりの関係は、きわめて複雑なものになっています。

　掲載した涅槃仏の版画は、筆者の敬愛する人が母上を亡くして悲しんいるのを慰めてあげたいという思いから彫った作品です。版画を手にしたその方の目が涙で潤んでいくのを見て、筆者も自分の母親を亡くした日のことを思い出してしまいました。

　二番目の歌は、「神が降りてくるという磐瀬（伊波瀬とも）の社《やしろ》も、森で呼子鳥《よぶこどり》(1)が鳴いている。そんなに鳴かないでよ。私の恋心がいっそう募るから」という内容です。鏡王女もまた、恋多き女性だったのです。

8

持統《じとう》天皇が統治のために祈った天の香具山

春過ぎて夏来《きた》るらし
白たへの
衣乾《ほ》したり天の香具山
（巻一の二八　持統天皇）

春過きて夏来るらし
白たへの
衣乾したり天の香具山

高校以来の友人である小榑雅章君（元暮しの手帖編集責任者）、松田光敏君（元明治安田生命勤務）と奈良の飛鳥地方を旅したとき、「天武・持統天皇陵[2]にも行ってみよう」ということになって、明日香村野口周辺を車で探し回りました。

六八六年九月、崩御した天武天皇を弔うために、持統天皇が一年をかけて造営した八角形の陵ですが、七〇二年に亡くなった持統天皇との合陵が後年に造られて現在まで残っています。ちなみに、

（1）東常縁《とうつねより》から連歌師の宗祇《そうぎ》に伝えられた「古今伝授」（『古今集』解説書）に挙げられている三鳥の一つで、鳴き声が人を呼ぶように聞こえる鳥。カッコウと言われるが、ウグイス、ホトトギス、ツツドリなどの説がある。

（2）天武天皇を葬った「檜隈大内陵《ひのくまのおおうちのみささぎ》」と持統天皇との「合陵」に分かれている。近鉄「飛鳥駅」下車、東へ〇・八キロ（徒歩二〇分）。

天武・持統天皇陵

持統天皇は初めて火葬にされた天皇と言われています。

持統天皇は、第三八代となる天智天皇（天武天皇の異母兄）の第二皇女として誕生しました。滋賀県大津市の三井寺（正式名称は園城寺《おんじょうじ》）(3)には、天智、天武、持統三天皇の産湯《うぶゆ》として使ったという霊水の井戸があります。そのため俗称を「三井寺」と言うのですが、同寺を参拝したとき、案内をしてくれた人が「今でも井泉が湧き出ている音が聞こえますよ」と言っていました。

周囲が静かな瞬間を見計らって井屋に耳を当ててみると、「ポトン、ポトン」と水の音が確かに聞こえました。その音に耳を澄ましていると、今から一四〇〇年も昔に自分が生きているかのような、不思議な感覚にとらわれてしまいます。

天智天皇の子どもとして生まれた持統が、天智の異母弟である天武（第四〇代天皇）の妃になります。その天武が、天智の第一皇子である大友皇子と争う「壬申の乱」（一一ページ参照）に勝利して、夫婦で天武・持統の治世を築いていきます。

ところが、天武が死ぬと、天武の第三皇子である大津皇子は、同じく天武の皇子である草壁皇子（母は持統天皇）との間で後継争いを展開して敗れ、悶死します。同じ天武の子どもでも、自

井戸がある閼伽井屋（三井寺）

らお腹を痛めた草壁を後継者にするために、持統天皇が大津皇子に無実の罪を負わせて死に追いやったのではないかと取りざたされました。

このように、何が何だか分からないほど、この当時は天皇家一族の対立や葛藤が激しさを増していました。そこで、持統天皇が詠んだ歌の解釈が問題となってきます。素直に考えれば、「春が終わって夏になったらしい。天の香具山をバックに純白の衣を干している」ということになりますが、万葉学者のなかには、「女帝・持統が四季を歌い込むことで帝位の安寧を願った歌」という深読みもあります（大浜真幸氏など）。

なるほど、歌の専門家は、「春過ぎて」「夏来るらし」と季語のダブりを問題にしています。そうした時間の経過をあえて強調することで、「持統天皇が帝位の安定を強調したのではないか」と、大浜教授の父で同じく万葉学者の大浜厳比氏は指摘しました。

万葉学者の間では、この説は多数説とは言えませんが、私自身は「沈着で度量が大きく、母親としても徳があり、仏教信心が厚い」（日本書紀による評価）とされる持統天皇でも国家統治のためにさまざまの悩みを抱えていて、そうした苦悩を吹き飛ばす初夏の光と風に希望を見いだして詠んだ歌ではないかと推測しています。

（3）　滋賀県大津市にある天台宗寺門派の総本山。多数の国宝建造物や「不動明王画像」などの国宝を所蔵している。

9　クーデターは阻止したが、道鏡との争いに敗れた藤原仲麻呂

いざ子ども　狂《たは》わざなせそ天地《あめつち》の固めし国ぞ大和島根は　（巻二十の四四八七　藤原仲麻呂）

「さあ子どもたちよ。間違ったことをしてはいけないぞ。この大和は、天地の力で固めた国だ」と訴えた藤原仲麻呂は、光明皇后、淳仁天皇の庇護のもとに右大臣、太政大臣として権勢をふるいました。大仏建造や平城遷都、歴史編纂などを推進する一方、橘奈良麻呂の乱(4)も抑え込みました。

この歌は、奈良麻呂らが事を起こそうとしていることを察知して、廷臣たちに注意を喚起するためにつくったのではないかともみられます。自分を追放しようとした政敵を排除した仲麻呂でしたが、弓削道鏡《ゆげのどうきょう》との政争には敗れてしまいます。

道鏡は女帝・孝謙天皇（第四六代天皇）の寵愛を受けて政治にも介入し、謀反を起こした仲麻呂を失脚に追い込みました。その道鏡もまた、和気清麻呂《わけのきよまろ》によって追放されました。それぞれの時代の天皇と手を組むことが、当時の政治家や僧、官僚たちにとっては権力保持の秘訣だったよ

うです。

掲載した版画は、日本プレスセンタービルの専務理事（現顧問）をしていた梅田光男さんの依頼で掛け軸用に作成したものです。茶人（裏千家）でもある梅田さんから、「建国記念日に自宅で茶会を主宰するので、国造りにちなんだ万葉歌を版画にしていただけませんか」と頼まれ、万葉集約四五〇〇首を繰りながら、「国造り」にふさわしい歌を選んで彫ってみました。滝の左側に彫った不動明王は、琵琶湖に浮かぶ竹生島で見た不動明王像をモデルにしています。

いざ子ども
狂わざなせそ
天地の
固めし国ぞ
大和島根は

（4）兵部卿、右大弁などを務めた橘奈良麻呂が七四三年、聖武天皇が病気になったのをみて大伴氏、佐伯氏らと組んで藤原仲麻呂を排除し、黄文王を次期天皇に擁立しようと動いた。しかし、密告によって失敗し、追放された。

10

七夕は秋の季語

天の河　橋渡せらば　その上《へ》ゆもい渡らさむを秋にあらずとも

（巻十八の四一二六　大伴家持）

七月七日の「七夕」や「天の川」は、万葉集では秋に分類されています。「巻八」は四季の「雑歌」や「相聞（恋の歌）」をテーマにしていますが、「牽牛《ひこぼし》」と「織女《たなばた》」も「秋の雑歌」として登場します。太陰暦（旧暦）の七月七日は、太陽暦では八月の上旬または下旬に相当しますから、「秋」の範疇と考えてもよいのでしょう。ちなみに、太陽暦の七

夕は、二〇一五年は八月二〇日でしたが、二〇一六年は八月九日、二〇一七年は八月二八日の予定です。

大伴家持はこの歌で、「天の川に橋がかけてあれば、秋でなくてもその上を渡って行き来できるだろうに」と言っています。

山上憶良が詠んだ「天の川」も紹介しておきましょう。憶良といえば第2章3で紹介したように社会派歌人として知られていますが、七夕をテーマにした一二首には妙になまめかしい歌が含まれていて、「憶良も、こんな一面をもち合わせていたのか……」と驚ろいてしまいます。

天の川　相向き立ちて　わが恋ひし君来ますなり紐《ひも》解き設《ま》けな

（巻八の一五一八）

「恋しいあなたがもうすぐいらっしゃるようだ。着物の紐を解いてお待ちしよう」と、織姫の気持ちになって天の川に向かって叫びます。そして、次の長歌は、その気持ちをもっと具体的に描写していて、何んともエロティックな感じがしませんか。

牽牛《ひこぼし》は織女《たなばたつめ》と天地《あめつち》の別れし時ゆ　いなうしろ　川に向き立ち思ふそら
安からなくに嘆くそら　安からなくに青波に　望みは絶えぬ白雲に涙は尽きぬ
かくのみや　息衝《いきづ》き居《お》らむ　かくのみや　恋ひつつあらむ　さ丹塗《にぬり》の　小舟《おぶね》もがも
玉纏《たままき》の真櫂《まかい》もがも　朝凪《あさなぎ》に　い掻《か》き渡り　夕潮に　い漕《こ》ぎ渡り　ひさかたの
天の川原に　天飛《あま》ぶや　領巾《ひれ》片敷き　真玉手《またまで》の　玉手《たまで》さし交《か》へ
あまた夜も寝《い》ねてしかも　秋にあらずとも

（巻八の一五二〇）

この長歌の意味は、「牽牛と織姫は、天地が別れたときから稲のむしろによる川を挟んでお互いに慕い合ってきたが、青い波にさえぎられてきた。白雲を見て涙も絶えなかった。このように嘆息し続けるのだろうか。このように恋い続けるのだろうか。赤い小舟が欲しい。櫂《かい》も欲しい。朝の凪《なぎ》に櫂を漕いで渡り、夕方の潮風にも舟を漕ぎ出し、天の川の河原に布を敷いて真玉のような白い手を握って、秋でなくても幾夜も一緒に寝たいなあ」というものです。

山上憶良が彦星になった気分で歌ったものと思われますが、それにしてもストレートな表現です。かねてより憶良のこの長歌を大きめの版画に彫りたいと思っていますが、構図の着想がまだ固まっていません。

第3章

潤い

あな醜
賢しらをすと
酒飲まぬ人をよく見れば
猿にかも似る
験なき
物を思はずは
一坏の濁れる
酒を飲むべくあるらし

1 酒を愛し、人生を考えた風雅詩人

あな醜賢《みにくさか》しらをすと酒飲まぬ人をよく見れば猿にかも似る　（巻三の三四四　大伴旅人《おおとものたびと》）

験《しるし》なき物を思はずは一坏《ひとつき》の濁れる酒を飲むべくあるらし　（巻三の三三八　大伴旅人）

「なんと醜い顔をしていることか。賢そうにして酒を飲まない人をよく見ると、猿にそっくりではありませんか」というのですから、現代なら名誉棄損で訴えられそうな凄い表現です。

二番目の歌は、「解決策のないことをくよくよ考えても仕方がない。一杯の濁り酒を飲んだほうがよい」と、酒の効用を詠んだものです。

いずれも、大宰帥《だざいのそち》(1)として七二八年に筑紫（福岡県）に赴任した大伴旅人が詠んだ「酒を賛美する歌十三首」からの引用です。

旅人は万葉集の編纂者とされる大伴家持の父親ですが、大伴家はもともと軍事関係のエリート官僚の一族でした。旅人の父である大伴安麻呂《やすまろ》は、「壬申の乱」のときには大海人皇子（天武天皇）

側につき、大友皇子（天智天皇の長男）を担ぐ近江朝廷を打破する際に貢献しました。

しかし、大伴旅人の人生は、立身出世とは裏腹に、私生活では淋しい一面がありました。とくに、六〇歳を過ぎてから夫妻で大宰府に着任した直後に妻を亡くしたことが、旅人の悲しみを増大させたと思われます。以下の二首のように、極言するまでになっていました。

世間《よのなか》は空《むな》しきものと知る時し　いよよますます悲しかりけり

（巻五の七九三）

**なかなかに人とあらずは酒壺に
成りにてしかも酒に染《し》みなむ**

（巻三の三四三）

中途半端に人間でいるよりは、酒壺になりたかった。
そして、酒漬かりになっていよう

また旅人は、当時では最高レベルの知識人、文化人でしたから、当然、中国の「竹林の七賢人」や杜甫、李白といった詩人たちのことも知っていたわけで、「**古《いにしえ》の七の賢《さか》しき人どもも欲《ほ》りせしものは酒にしあるらし**」（巻三の三四〇）などと詠んでいます。つまり、「中国の昔の七賢人たち

（1）国防や外交の拠点だった大宰府の責任者。

も欲しがっていたのは酒だったようだ」という意味です。
生活や精神面では何か満たされないものがあったようです。それを得意の詩歌や大好きな酒でカバーし、何とか楽しい人生に変えようとしていたのです。次の一首に、旅人の本音が織り込まれています。

この世にし
楽しくあらば来《こ》む世には
虫に鳥にも我はなりなむ
（巻三の三四八）

「この私の人生が楽しいものであれば、来世では虫にだって鳥にだってなるよ」というのです。刹那主義とも言えますが、「楽しけりゃいいんだ。次の世では虫にだってなるぜ」というのは、何かもの悲しい感じがするではありま

せんか。酒に酔っての戯《ざ》れ歌とは思えません。仕事や地位では人臣を極めても、日常生活で心に充実感をもてなかったら、みなさんもきっと「人生とは一体何だろう」と考えてしまうことでしょう。

作家の故城山三郎さんは、「一日即一生」という言葉をモットーにしていました。「今日一日、今の仕事を確かなものにしなければならない」、「一日が一生に相当する」、「生きている瞬間、瞬間を大事に」、そんな思いを込めた言葉です。

城山さんは決してゴルフが上手とは言えませんでしたが、メンバーだった茅ヶ崎スリーハンドレッドクラブでは、一人でゴルフを楽しむ姿がよく見られたそうです。後から回る財界人に「ご一緒しませんか」と誘われても、「お先にどうぞ」と断ったと言います。「人生とは何か」というテーマで、時空を超えて「大伴旅人×城山三郎対談」が実現したら面白かったでしょうね。

筆者のインタビューに応じる城山三郎氏（1994年）

2　大雪の寒さをユーモラスな歌で吹き飛ばした天皇夫妻

わが里に大雪降れり
大原の古《ふ》りにし里に落《ふ》らまくは後《のち》
（巻二の一〇三　天武天皇）

わが岡の龗《オカミ》に言ひて落《ふ》らしめし雪のくだけし
そこに散りけむ
（巻二の一〇四　藤原夫人）

明日香村の風景

天武天皇の皇后は鸕野讃良皇女《うののさららのひめみこ》（のちの持統天皇）ですが、ほかにも六人ぐらいの妃や夫人がいました。そのなかの一人である藤原夫人（藤原鎌足の娘）と取り交わしたユーモアにあふれる歌です。このとき、夫人は藤原氏の本拠地である大原に帰っていました。大原というのは、京都ではなく奈良明日香村の飛鳥寺に近い所です。

「わが明日香の里には、今日、大雪が降った。お前のいる大原の古びた里に降るのは、もっとあとになるにちがいない」というのが、先の一首です。万葉集の最後の歌（巻二十の四五一六）に「**新しき年の始《はじめ》の初春の今日降る雪のいや重け《し》吉事《よごと》**」（大伴家持・版画は八八ページ）とあるように、新雪は豊作につながるので縁起がよいと見られていました。そうい

わが里に
大雪降れり
大原の
古りにし里に
落らまくは後
わが岡の
龗に言ひて
落らしめし
雪のくだけし
そこに散りけむ

うこともあるので、天武天皇は藤原夫人に、「俺の所には大雪が降ったぞ。お前の所はまだだろう」と自慢げに歌を贈ったわけです。

ところが、夫人も負けてはいません。「大原近辺は藤原一族の領地で、その守護神である水神に頼んで降らしてもらった雪です。そのかけらがそちらに飛んでいったのでしょう」と返しています。

返歌を受け取った天武天皇は、「お主もなかなかのものよのう」と思ったにちがいありません。天武天皇が大笑いしている姿が目に浮かびます。と同時に、この返歌の背景には、藤原一族の政治的な影響力を天武天皇に改めて知らしめるという効果があったのかもしれません。

万葉期の歌、とくに皇族や官僚たちの短歌、長歌は、単に文学というだけでなく、歌意のなかに政治的なメッセージや思惑が込められていると見るべきでしょう。

3　こんなユーモアも日常生活のなかにあった

勝間田の池はわれ知る蓮《はちす》なし　然言《しかい》ふ君が鬚《ひげ》無き如し

（巻十六の三八三五）

天武天皇の第七皇子である新田《にいた》部《べ》親王《しんのう》に、ある婦人が贈った歌です。万葉集には、「親王が都を散策中に勝間田の池を見て感動し、帰宅してから一婦人に『勝間田の池には池いっぱいに蓮の花が咲いていた。それは見事で、腸がちぎれんばかりであった』と話したとの注釈がついています。すると婦人は、この歌をつくって「親王の

前で何回も披露した」そうです。

親王の言葉に対して婦人は、「嘘おっしゃい。私は、勝間田の池には蓮がないことを知っています。あなたの顔に鬚がないのに、あると言うのと同じことよ」と詠んで返しているわけです。婦人の名前は不明ですが、この様子から見て新田部親王とは事実婚の女性かと思われます。何か、夏目漱石の小説に出てくるような一場面ではありませんか。

この池は、奈良・薬師寺の西側にある大池を指しているのではないかとみられています。その理由は、新田部親王が七三五（天平七）年に亡くなったあと、大池の近くにあった新田部親王の邸宅がのちに鑑真和上に提供されたという記録が残っているからです。鑑真和上はそこに、七五九年、戒律道場として唐招提寺を創建しま

唐招提寺にある鑑真和上廟

した。
散歩に出た新田部親王が、親しい女性をからかってやろうと「大池の蓮がきれいだった」と嘘をついたのを見事にユーモラスな歌で返すところに、万葉女性の才覚が垣間見えます。残念ながら、新田部親王の歌は万葉集には一つも掲載されていません。

枳《カラタチ》の棘原《うばら》刈り除《そ》け倉立てむ
屎《くそ》遠くまれ櫛《くし》造る刀自《とじ》
（巻十六の三八三二　忌部首《いむべのおびと》）

「カラタチのいばらを刈り取って、倉庫を造ろう。そこで櫛をつくっているおばさんたちよ、もっと離れて用を足しておくれ」と詠んだ作者は、公文書の管理を担当していた役所、内史局の役人と思われます。前の一首とは違って、下級役人が宴会の席で披露したユーモラスな歌です。

枳の棘原刈り除け倉立てむ
屎遠くまれ櫛造る刀自

「壬申の乱」が終わってから、都は建設ラッシュになっていました。米などの穀物を保管する蔵づくりも急速に進んだようで、カラタチの枝が茂る予定地を整備するのに、櫛づくりをしている女性たちの溜まり場が邪魔になったのでしょう。「その場を開けて、用便はもっと別の場所でやってくれ！」と、役人が歌に託して女性追い出し作戦に出たのです。

このころ、野外でのトイレと言えば、小さな川が流れている場所とか、カラタチが茂る原っぱのように人気《ひとけ》の少ない所が選ばれていました。飛鳥時代、藤原京では側溝の水を家に引き込んで、汚物を流していたという説もあります。また、トイレットペーパー代わりに、木片や葉っぱが使われたものと思われます。

唐や新羅からの外交使節を受け入れた迎賓館として鴻臚館《こうろかん》がありました。以前、福岡市鶴舞公園内に復元された同館を見学したら、賓客用トイレ施設には、小さく刻んだ木片の山が当時のトイレットペーパーとして用意されている様子が再現されていました。この木片は、「籌木《ちゅうぎ》」と呼ばれていました。

棘の多いカラタチ群を、櫛づくりの材料として活用し、同時に絶好の厠所と考えていた女性たちにとって、蔵づくりのために立ち退きを迫ってきた役人たちは、職場を奪う鬼役人に見えたかもしれません。

4 心の中の「明日香《あすか》」を大事にした万葉歌人たち

采女《うねめ》の袖吹きかへす明日香風　都を遠み　いたづらに吹く
（巻一の五一　志貴皇子《しきのみこ》）

葦辺行く鴨の羽がひに霜降りて　寒き夕べは大和し思ほゆ
（巻一の六四　志貴皇子）

故郷《ふるさと》の飛鳥はあれど　あをによし平城《なら》の明日香を見らくし好《よ》しも
（巻六の九九二　大伴坂上郎女《おおとものさかのうえのいらつめ》）

天皇が住まいを変える「遷都」は、万葉集の時代には、天智天皇による「近江大津宮」（六六七年）、天武天皇による「飛鳥浄御原宮《あすかきよみはらのみや》」（六七二年）、持統天皇による「藤原宮」（六九四年）、元明天皇による「平城京」（七一〇年）、聖武天皇による「難波宮」（七四四年）など、何回か行われています。

一首と二首の作者である志貴皇子《しきのみこ》は、天智天皇の第七皇子です。一首目は、都が藤原宮、二首

伝飛鳥浄御原宮（写真提供：osakaosaka）

目は難波宮に移ってから詠まれたものですが、いずれも奈良の明日香を懐かしく思っているのが特徴となっています。

「女官の着物の裾をひるがえす明日香風。今は明日香も遠くなり、むなしく思われることだ」（一首目）とか「葦辺を泳ぐ鴨の背中に霜がおり、寒さが身にしみる夕べは大和が思われてならない」（二首目）というのです。ちなみに、志貴皇子の歌は万葉集に六首掲載されていますが、もっとも広く知られているのは「巻八」の冒頭に掲げられている次の歌です。皇后・美智子さまもお好きな一首と聞いています。垂水は大阪・摂津の地名で、皇子が領地としてもらった喜びを詠んだとの説もあります。

石《いは》ばしる垂水の上のさ蕨の萌え出づる春になりにけるかも　（巻八の一四一八）

それに対して三首目の大伴坂上郎女の歌は、明日香から奈良遷都後の七三三年、元興寺《がんごうじ》(2)で詠んだもので、「明日香村のふるさと飛鳥もよいけれど、目に鮮やかな若葉に富む奈良の明日香を見るのも好きです」と、猿沢の池周辺の奈良を賛美しています。

（2）近鉄奈良駅から徒歩一三分。南都七大寺の一つだったが衰退した。薬師如来立像（国宝）を安置。第1章参照。

5

双六禁止令まで出た賭け事の楽しみ

一二の目のみには
あらず
五六三四さへありけり
双六の采《さえ》
（巻十六の三八二七
長忌寸意吉麿《ながのいみきおきまろ》）

正倉院の宝物のなかに、「木《もく》画《が》紫檀《したん》双六《すごろく》局《きょく》」という双六盤と駒が残っています。二つのサイコロを振って、白黒各一二個の石を敵陣に進めるというゲームです。インドが発祥地とされる双六は、中国を経て日本に伝わりました。遣唐使が持ち帰ったものかもしれません。

双六は、貴族をはじめ上流階級から庶民に至るまで広く賭け事の道具として使われたようで、何回も禁止令が出されています。違反者は、百叩きのうえ財産を没収されました。僧侶の場合は一〇〇日間の苦役だったそうですから、想像以上に重いペナルティーと言えます。

作者の長忌寸意吉麿は七〇一年、持統天皇の紀伊行幸などに同行したという記録が残っていますが、万葉集には一四首の短歌が掲載されています。宮廷歌人に名を連ねていたのかもしれ

正倉院の前でお母さんが子ども達に説明

ません。その人がサイコロの歌をつくっているのですから、貴族の間でも双六が流行っていたことは間違いないでしょう。

「一の目、二の目だけではない。五の目、六の目、三の目、四の目もあるぞ。双六のさいころには」という歌ですが、サイコロの目に一喜一憂する貴族や役人たちの姿が浮かんできます。同時に、人生もサイコロの目のように思わぬきっかけで栄枯盛衰、幸不幸が訪れることを象徴している一首と言ってもいいでしょう。

筆者が現役の記者であった一九六〇年代には、どこの記者クラブにも麻雀台があり、麻雀、花札やチンチロリンと称するサイコロゲームが盛んに行われていました。賭け事が好きなQ社のD記者は、負けが一〇〇万円台に達して退職し、最後は山谷⁽³⁾で亡くなったという悲しい報せも届きました。賭け事は度を超すと身を亡ぼすというのは、万葉の時代から変わらない真実なのです。

（3）当時の言葉では「ニコヨン」と呼ばれていた、日雇い労務者が多く住んでいた東京都台東区の旧町名。現在の清川あたり。

6

越中富山で大歌人に成長した編集者・大伴家持

わが園の李《すもも》の花か庭に降る
はだれのいまだ残りたるかも
（巻十九の四一四〇　大伴家持）

庭に咲いている李の白い花が散ったのだろうか。それとも、まだら雪が残っているのだろうか

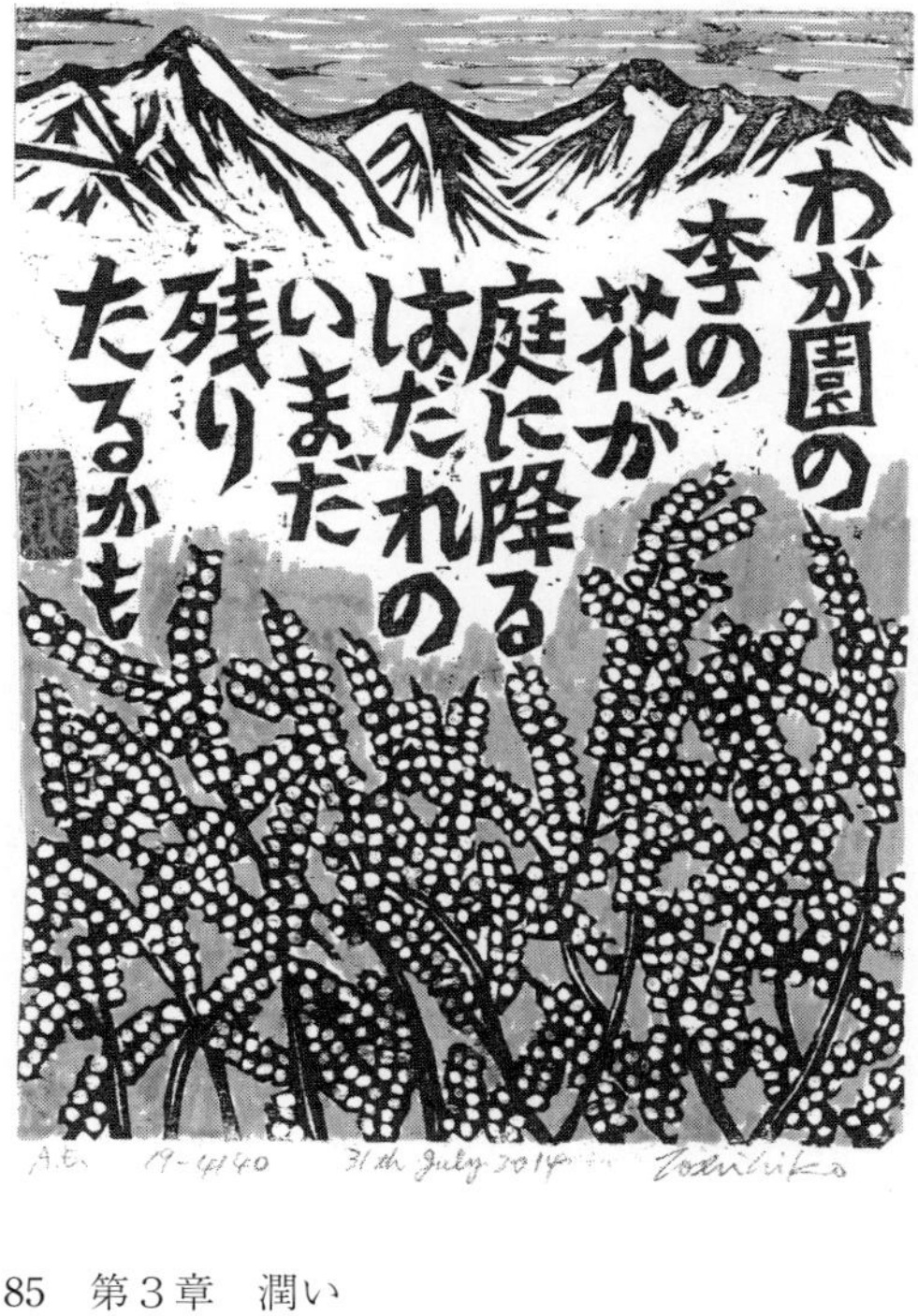

もののふの八十少女《やそをとめ》らが
汲みまがふ寺井の上の堅香子《かたかご》の花
（巻十九の四一四三　大伴家持）

役所勤めの少女らが、井戸水を汲んでいる。その傍らに、カタクリの花が咲いているではないか

高岡市二上山の家持の立像（写真提供：高岡市万葉歴史館）

万葉集の最終的な編集者とされる大伴家持が、七四六年から五年間、国守（今の知事）として務めた富山県（越中）の高岡市にある「万葉歴史館」を訪ねてみました。ここには、右手に筆を持った家持の立像があります。「さぞ、女性にもてたことだろう」と思われる風貌です。現に、前述した妻の坂上大嬢《さかのうえのおおおとめ》をはじめとして、万葉集に登場する女性たちだけでも笠女郎《かさのいらつめ》（第1章9を参照）、藤原女郎《ふじわらのいらつめ》、紀女郎《きのいらつめ》、平群氏女郎《へぐりうじのいらつめ》、中臣女郎《なかとみのいらつめ》と多彩です。

観光バスの女性ガイドさんが、「もののふの八十少女らが」の歌を朗誦してくれました。富山は、

この万葉歌人の心のふるさとと言ってもいいでしょう。

大伴旅人を父に、大伴坂上郎女《おおとものさかのうえのいらつめ》を叔母にもち、その叔母の娘である坂上大嬢《さかのうえのおおおとめ》を妻にした家持の生涯は波乱に富んだものでした。宮内少輔から富山に転勤を命じられたときも、「なんで俺が越中のような田舎へ」と憤ったにちがいありません。しかし、五年間の富山暮らしをして、すっかり越中ファンになってしまったのです。

以前、筆者が福島県会津に講演に行ったとき、同県には「会津の三度泣き」という言葉があると聞かされました。県庁所在地である福島市に勤める役人やサラリーマンが会津に転勤を命じられて、「なんであんな辺地に」と泣くというのです。だが、会津に勤務してしばらくすると、地元の人々の親切にほだされてまた泣けてくる。そして数年後、福島市へ戻る異動命令が出ると「会津を離れたくない」と三度目の涙が出るというのです。

大伴家持も「越中の三度泣き」を経験したにちがいありません。万葉集に収められている家持の歌は四七九首と、編集者という立場もあって一番多いのですが、そのうち三三七首が富山関連という一事をもってしても、越中への家持の入れ込みようが分かります。富山には、「越中万葉」という表現があるぐらいです。

七五一年、越中から都に戻った家持は兵部少輔などを務めましたが、政治権力が大伴家と親しかった橘諸兄《たちばなのもろえ》から藤原仲麻呂に移ったことにより、働き盛りだった家持はさまざまな嫌疑をかけられて薩摩（鹿児島県）などに左遷されました。左遷された先で詠んだと思われるのが次の一首です。

うらうらに照れる春日に雲雀《ひばり》あがり
情《こころ》悲しも独りしおもえば

（巻十九の四二九二）

うららかな春の光のなかで雲雀が上空に舞っていくが、私の心は沈み、もの思いにふけるばかりだ

そして、次に掲げる万葉集「巻二十」最後の歌、これも大伴家持の歌ですが、これ以後二五年間、陸奥（岩手県）多賀城に滞在中、六八歳で没するまで彼は一首の歌も残していません。

新しき年の初めの初春の　今日降る雪の　いやしけ吉事《よごと》

（巻二十の四五一六）

うらうらに照れる
春日に
雲雀あがり
情悲しも独りしおもへは

「初春の今日、降る雪のように吉事がますます積み重なるように」と、切実なる願いを歌に詠み込んでいます。「越中の三度泣き」を経験した大伴家持でしたが、帰京後はたびたび政治上のトラブルに巻き込まれ、死後も藤原種継暗殺の疑惑で追罰されて官位は剥奪され、埋葬さえ許されないなど四度泣き、五度泣きを体験したのです。万葉の大歌人にこんな不幸があったとは驚きです。

うつせみの世は常なしと知るものを
秋風寒み偲《しの》ひつるかも　（巻三の四六五）

家持が亡くなったのは七八五年八月二八日ですが、この歌は、間もなく来る秋に、泉下《せんか》（あの世）から自らを悼むかのような一首ではありませんか。

「はじめに」にも書いたように、筆者が万葉集を木版画に彫りはじめて四〇年になりますが、最初の作品がこれでした。二〇〇

九年、銀座の画廊「ギャルリ・プス」で万葉版画の個展を開いたときにも展示しました。約五〇〇人の方々が来館されたなかで、信濃毎日新聞の小坂健介社長と高知新聞の岩井寿夫社長（いずれも当時）が、奇しくも同じくこの作品を求め下さったことが印象に残っています。

二〇一五年までの満一〇年間、日本新聞協会の国際委員長を務めましたが、海外出張のたびに自作の万葉版画ポストカードを外国のジャーナリストたちに記念として差し上げました。歌の意味を英語で説明するのには汗をかきましたが、家持の版画も評判がよく、日本文化の海外紹介にいささかでも貢献できたかもしれません。

それにしても、晩年の二五年間、家持が一首も歌をつくらなかったとはとても信じられません。きっとつくっていたでしょうが、政治的な迫害を恐れて処分したのでしょう。万葉集を締めくくる彼の歌は四二歳のときのもの。それから四半世紀、心身ともに「生涯の友」であった短歌を公表できなかったとは、なんとも悲惨、悲痛というか、言葉が見つからないほど気の毒な思いがしてなりません。

個展のときの筆者（2009年）

7

「心」も縫い込んだ着衣の暖かさ

わが背子《せこ》が
著《け》せる衣の針目落ちず
入りにけらしも
わが情《こころ》さへ
（巻四の五一四　阿倍女郎《あべのいらつめ》）

「縫って差し上げるあなたの着衣の針目に、糸ばかりでなく私の心まで入ってしまったようです」と詠んだ阿倍女郎は、このお手製の衣を誰に差し上げたのでしょうか。万葉集では、この歌に続いて次の関連歌が掲載されています。

独り宿《ね》て絶《た》えにし紐《ひも》をゆゆしみとせむすべ知らにねのみしそ泣く　（巻四の五一五）

「独りで寝ていると、着物の紐が取れてしまったのが不吉に思えて泣いています」という歌意ですが、「中臣朝臣東人《なかとみのあそみあづまひと》の阿倍女郎に贈れる歌」という注釈が付いています。つまり、阿倍女郎が着衣を贈った相手は、兵部大輔（軍政担当の役所の幹部）の中臣朝臣東人《なかとみのあそみあずまひと》と思われます。東人の心配に、阿倍女郎は次のように歌で返します。

わが持たる三相《みつあひ》によれる糸もちて
附《つ》けてましもの今そ悔《くや》しき　（巻四の五一六）

私の持っている、三本をより合わせた糸で付けてあげられたらよかったですね。今になって悔やまれます

万葉集には安倍女郎《あべのいらつめ》という歌人も登場しますが、阿倍女郎と同一人物かどうかは分かっていま

せん。興味深いのは、ここで阿倍女郎が着物を進呈した男性が中臣朝臣東人だということです。第1章「恋」の冒頭で紹介した、狭野茅上郎女《さののちがみのおとめ》と結婚した中臣朝己宅守《なかとみのあそみやかもり》のことを覚えているでしょうか。天皇の怒りに触れて、新婚早々、都から越前に転勤を命じられ、めそめそした歌をたくさん新妻に贈った男性です。その宅守の父親が東人、つまり阿倍女郎のお相手だったのです。

彼女から着物を贈られたものの、「紐がとれてしまった。不吉な前触れでないかと泣いています」と、ずいぶん弱気な男性です。息子である宅守の弱気も父親からの遺伝ではないだろうかと、筆者は思わず笑ってしまいました。よかったら、ページを戻して第1章の（1）を読み返してみてください。

8

「靴はいて」と夫の出張を気遣う妻

信濃道《しなのじ》は今の墾道《はりみち》
刈株《かりばね》に足踏ましなむ
履《くつ》はけ　わが背《せ》

（巻十四の三三九九　作者不詳）

万葉集の「巻十四」は、東歌（関東・信州地方の歌）の特集です。この歌にある「信濃道」とは、七一三年に信濃と美濃の間に開通した木曽路のことと思われます。「信濃道は開かれたばかりの道で、切り株もまだたくさん残っているでしょうから靴を履いてくださいよ、あなた」と、出張する夫を気遣う妻の歌です。

信濃を詠んだ歌としては、次のようなものもあります。素晴らしい夫婦愛を表現しています。

信濃なる千曲《ちぐま》の川の細石《さざれし》も
君し踏みてば玉と拾はむ

（巻十四の三四〇〇　作者不詳）

信濃を代表する千曲川の小石だって、あなたが踏んだ石だと思えば玉のように扱いますよ

掲載した版画は、中馬清福氏（元信濃毎日新聞主筆、元朝日新聞専務）が病気療養しているのを慰めようと製作したものです。しかし、完成する前の二〇一四年秋、彼はすい臓がんで旅立ってしまいました。彼の墓は、江利チエミの墓（テネシー・ワルツ歌碑）があることでも知られる東京都世田谷区瀬田の法徳寺にあります。一周忌にあたる二〇一五年秋、長野県上田市にある真田一族の上田城や「無言館」(4)を中馬氏と一緒に見学した日本新聞協会の鳥居元吉氏（元専務理事）とともに法徳寺に詣でて、信濃毎日新聞の朝刊に「考」と題する論評を長期にわたって連載して

いた真摯《しんし》なジャーナリストの冥福を祈りました。
「先輩のジャーナリストからマスコミ論を拝聴しようじゃないか」と、中馬、小榑雅章（五九ページ前掲）、筆者の三人で「伝説の記者」といわれた須田禎一氏を世田谷の団地に訪問したこともあります。古い手帳を繰ってみると、「一九七〇年一〇月二五日」とありますから、もう半世紀近く前のことです。

中馬氏とは、お互いに政治記者として、論説主幹として、新聞協会の仕事でと行き合う機会が多く、考え方も共通点が多々ありました。桐生悠々氏もやっていた信濃毎日新聞の主筆を、小坂健介社長（当時）に頼まれて朝日新聞から移籍したという経歴のジャーナリストです。朝日新聞の同僚のなかには、「都落ち」と陰口をたたく向きもあったようですが、筆者は「中央紙、地方紙と両方経験できるなんて、そんなラッキーな記者はいないよ」と励ましました。

現に二〇一六年、長野在住のフリーライター、金井奈津子さんが『幸せのための憲法読レッスン』（かもがわ出版）という本を出版し、生前の中馬氏との憲法をめぐる「対話」を公開するなど、信州での活躍も目立ちました。

二〇一四年に論説顧問となり、日本プレスセンタービルの八階に中馬氏は「中馬事務所」を構

（4）上田市塩田平にある美術館で、戦没画学生たちの描いた絵が展示されている。館主は窪島誠一郎氏。

えました。事務所といっても、通称「キュービクル」と称する二坪（六・六平方メートル）しかない小部屋です。

実は、筆者も二十余年前から書籍や資料の置き場を兼ねて勉強部屋として同じフロアーに部屋を借りているのですが、中馬氏が近くの部屋を借りたというので「これからはいつでも会えるね」と喜び合ったものでした。しかし、机や本棚も入り、さあ本格稼働といったところで七八歳にして逝ってしまったのです。本当に残念でなりません。恐らく今ごろは、泉下《せんか》から「日本が戦前のような軍部絶対の国に戻らないよう、俺の分まで頑張ってくれよ」と、小榑君や筆者に檄《げき》を飛ばしているにちがいありません。

新聞記者は現職時代が激務のせいか、昔から仲間内では「長生きできない」と言われています。最近も、日本政治総合研究所（白鳥令理事長）の勉強会仲間だった日経新聞の伊奈久喜特別編集委員が胃がんのため六二歳の若さで死去しました（二〇一六年四月二二日）。続いて、宏池会担当として旧知の若宮啓文国際交流センター・シニアフェロー（元朝日新聞主筆・論説主幹）が同二八日、北京で客死（六八歳）するなど身近な政治記者ＯＢの悲報に接しました。

かくいう筆者も中馬氏の没年と同じ七八歳なので、本稿「履はけ、わが背」の万葉歌を日常訓と心得て、版画制作や物書きを進めていこうと自戒しています。

9

妻の可愛がり方と女房自慢の仕方

妹《いも》が手を取石《とろし》の池の波の間ゆ
鳥が音《ね》異《け》に鳴く秋過ぎぬらし
（巻十の二一六六　作者不詳）

妹が手を
取石の池の
波の間ゆ
鳥が音
異に鳴く
秋過ぎぬらし

「取石《とろし》」とは、大阪府高石市のことではないかとみられています。「妻の手を取って見る取石の池の波間から鳥の声が聞こえてくる。普段とは違う声に聞こえる。もう、秋は過ぎたようだ」と詠まれている鳥の種類は分かりませんが、波間に浮かぶということからすると、鴨か雁というところでしょうか。鳥の声で冬の到来を感じつつ、冷えた妻の手を握って温めるという光景です。愛し合う夫婦の姿をハートマークとして彫ってみたいと思い、首の長い白鳥でこんな構図を描きました。

女房自慢をするにしては、いささか突飛な表現をしたものだという一首を次にご紹介しておきましょう。

難波人《なんばびと》葦火焚《た》く屋の煤《す》してあれど　己《おの》が妻こそ常めづらしき（巻十一の二六五一　作者不詳）

「難波の葦」というのは古代から有名だったようです。乾燥した葦を燃やして明り取りや燃料として利用していたようです。とくに冬場は、暖を取るために葦の利用量が増えたために家の中が煤だらけになったのでしょう。それに引っ掛けて、「難波の人が葦の火を焚く家の中のように（多くの女性が）すすけた顔をしているが、うちの女房はいつもと変わらず美しい」と、色白な女房の自慢をしているのです。妻がもともと色白であったのかもしれませんが、それにしても他所《よそ》の奥方はみな「難波の葦に煤焼けした顔」で、うちの奥さんだけは「いつも通り」というのも凄い自慢の仕方です。

妻を開通したばかりの道路にたとえて賛美した男もいました。

新墾《にいばり》の今つくる路さやけくも
聞きてけるかも妹が上のことを

（巻十二の二八五五・柿本人麻呂歌集から
万葉集に採用）

新しく開ける道のように、妻についての晴れやかな評判を聞いたことだ

亭主は、何かにつけて女房を自慢したいものとみえます。

難波人
葦火焚く
屋の
煤して
あれど
己が
妻こそ
常めづらしき

10

月光は万葉人にとって「希望」であり「悩み」でもあった

ぬばたまの夜渡る月の清《さや》けくは　よく見てましを　君が姿を

（巻十二の三〇〇七　作者不詳）

「ぬばたま」は、漢字で「射干玉」と書きます。ヒオウギの種子で漆黒なことから、夜の闇や女性の黒髪を形容するのに使われます。「月」「夜」「夢」「妹」などにかかる枕詞《まくらことば》です。「夜空を渡る月がもっとはっきりしていたら、あなたの姿がもっとよく見えたのに」と嘆く男性の歌と解して、月に向かって歩く女性を版画にしてみました。

現代の都会のように、深夜になって

も光が煌々と輝いているのとは違って、万葉の時代は月と星だけが頼りでした。とくに月は、夜の希望を象徴する存在でした。とはいえ、月光が「希望」とは反対の「悩みのタネ」であったという歌も残っています。

心なき秋の月夜《つくよ》の
もの思ふと
寝《い》の寝《ね》らえぬに照りつつもとな

（巻十の二二二六　作者不詳）

無情な秋の月は、私が物思いにふけって寝られないのに、それに輪をかけるように照りつけてくる

木の間より移ろふ月の
影を惜しみ
徘徊《たちもとほ》るに　さ夜《よ》更《ふ》けにけ
（巻十一の二八二一　　作者不詳）

木の間を通って移動していく月光の影を追って歩いているうちに、夜も更けてきたようだ

前首の最後にある「もとな」とは、ぼんやりした不安などを表現する場合に使う言葉です。こうした悩みは、やはり恋心と関係があったようです。次の一首はどうでしょうか。

この山の嶺に近しと　わが見つる
月の空《そら》なる恋もするかも

（巻十一の二六七二、作者不詳）

「この山の頂上に近いと思って見た月が、もっと上空にあるような、心むなしい恋をすることよ」という意味ですが、結局のところ、月を「希望」と見るか、「悩み」と見るかは、月自身には関係なく、月を眺める人間の側にあるということです。

とはいえ、次の一首を読むと、ちょっと事情が変わってきます。

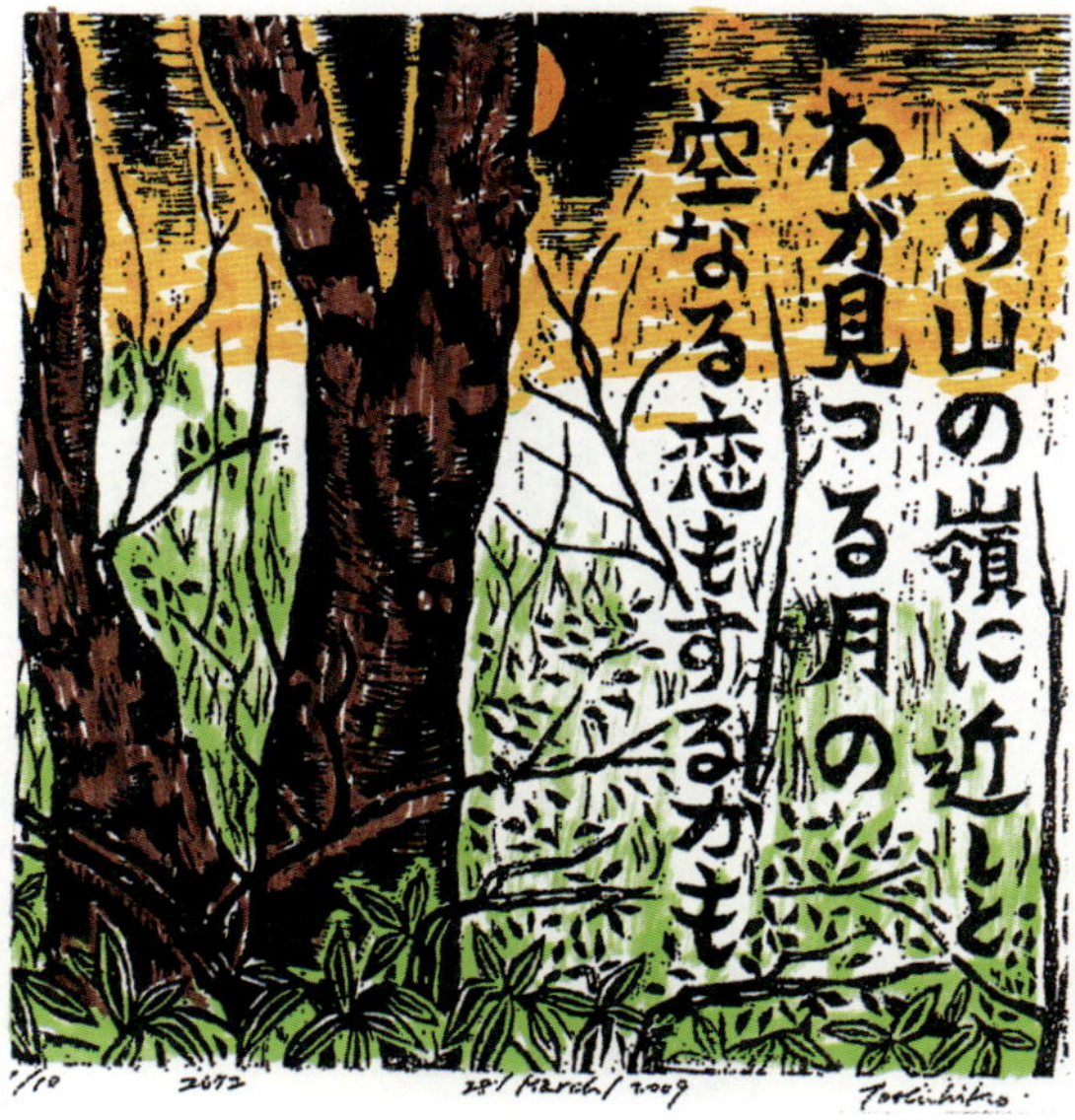

夕月夜《ゆふづくよ》　心もしのに白露の置くこの庭に
蟋蟀《こおろぎ》鳴くも
（巻八の一五五二、湯原王《ゆはらのおおきみ》）

湯原王の歌は、万葉集に一九首掲載されています。そのうち、月をテーマにした歌が数首あり、この歌では「夕月の照る夜、心もしみじみとなるかのように葉っぱが露でぬれた庭でコオロギが鳴いている」と詠んでいます。「希望」か「悩み」かは月を見る人の心にあると書きましたが、もっと厳密に言えば、月を眺める人の心を月自身もまた誘発していると言うべきかもしれません。今夜、改めて月を眺めてみたくなりました。

第4章

花香

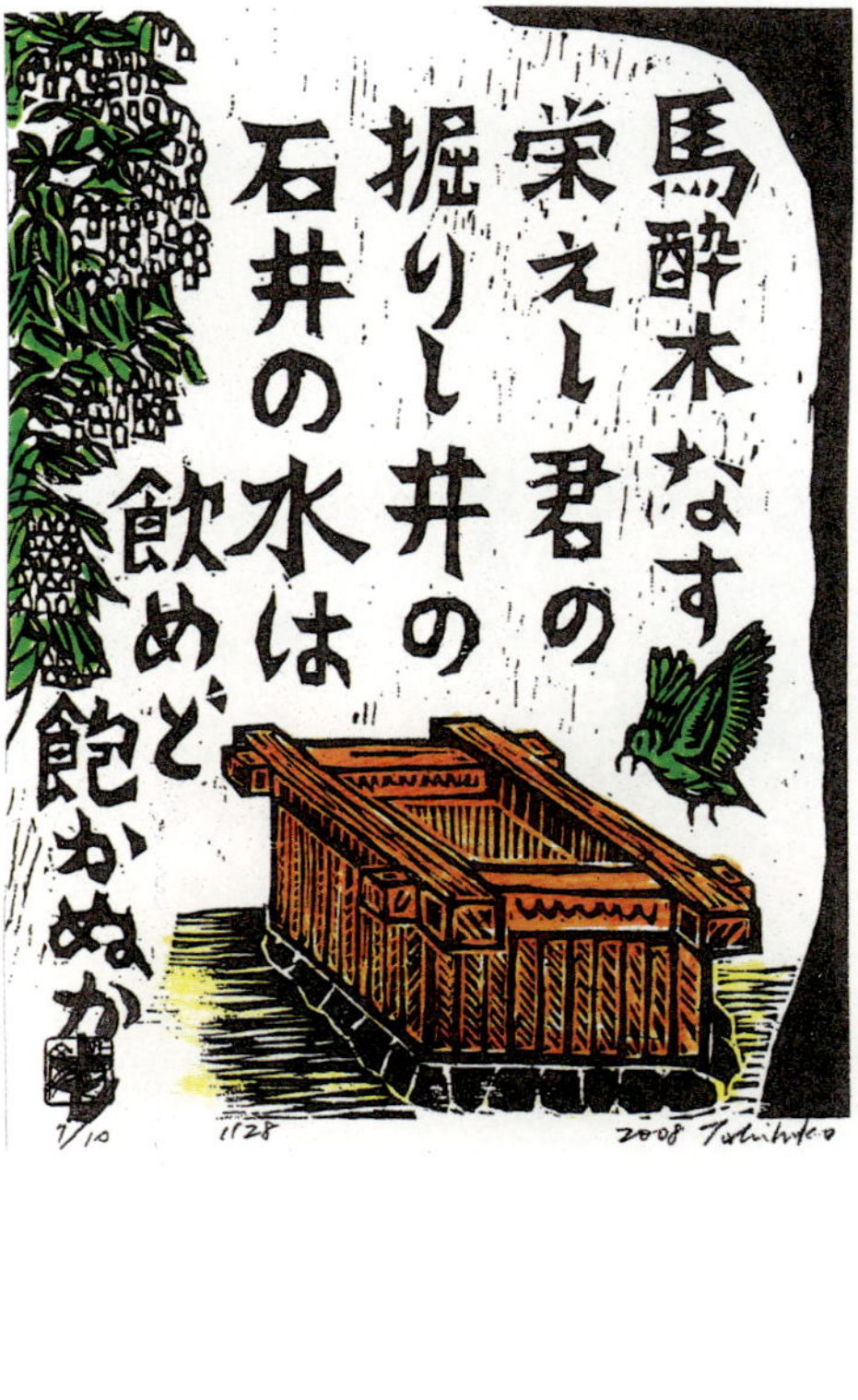
馬酔木なす
栄えし君の
掘りし井の
石井の水は
飲めど
飽かぬか

春の花

1　万葉期の桜はヤマザクラ

あしひきの山の間《ま》照らす桜花《さくらばな》　この春雨《はるさめ》に
散りゆかむかも
（巻十の一八六四　作者不詳）

能登《のと》川の水底さへに　照るまでに
三笠の山は咲きにけるかも
（巻十の一八六一　作者不詳）

春の花

桜といえばソメイヨシノ（染井吉野）と思いがちですが、ソメイヨシノは江戸末期に染井村（現在の東京都豊島区駒込）の植木屋がつくった園芸種で、明治以降に普及した花種です。万葉期の桜といえば、ヤマザクラ（山桜）が中心でした。

一首目は、「山を輝かせる桜の花は、この春雨で散っていくだろう」という意味です。「あしひき（足引）の」は「山」にかかる枕言葉です。そして二首目は、「能登川の水の底まで輝くほど三笠山には桜が咲いている」と、満開の桜で能登川がまぶしいほどに光り輝いている様子を歌っています。

能登川の源流は奈良市春日山の山中で、石切峠を下ってきた所、高円山《たかまどやま》（四六一メートル）のすそ野を通って岩井川を経て佐保川に合流します。清流の周辺は桜の名所だったようです。歌に詠まれている「三笠の山」は、山焼きで有名な三笠山（若草山、三四二メートル）ではなく、もう少し南にある御蓋山《みかさやま》（二九七メートル）のことです。若草山と区別するため、研究者は「オンフタヤマ」と呼んでいます。

万葉集には五〇首近くの桜の歌が掲載されています。ちなみに、掲載花の種類を調べた人によると、万葉集に多く載っている植物の「ベスト5」は、萩（一四二首）、こうぞ・麻（一三八首）、梅（一一九首）、ぬばたま（ひおうぎ。七九首）、松（七七首）のようです（中西進監修『図解雑学　楽しくわかる萬葉集』ナツメ社、二〇一一年参照）。

2 さまざまなエピソードが絡む山吹の花

山吹の立ちよそひたる山清水　汲《く》みに行かめど道の知らなく　（巻二の一五八　高市皇子《たけちのみこ》）

山吹というと、すぐに思い出す話は、太田道灌が鷹狩りの帰りに驟《しゅう》雨に遭遇し、蓑笠を借りようと立ち寄った家で少女から山吹の枝を差し出されて怒ったというエピソードです。

道灌はこの話を屋敷に戻ってから家臣にしたのですが、そのとき家臣から、「それは、後拾遺和歌集にある『**七重八重　花は咲けども　山吹の実の一つだに　なきぞ悲しき**』（兼明親王）という歌にかけて、山間にある茅葺きの家であり、貧しくて蓑《みの》一つ持ち合わせていないことを奥ゆかしく答えたのです」と教わったのです。このことを恥じて、道灌はそれ以後、和歌を本格的に勉強しはじめたと言います。

この山吹の里がどこであったのかについては、さまざまな伝説が残っています。その一つが、東京都新宿区と豊島区の間を流れる神田川に架かっている面影橋の近くにあります。この場所、実は本書の出版元である新評論のすぐ近くです。現在は、山吹ではなく桜の名所となっています。

春の花

山吹の
立ちよそひたる
山清水
汲みに行かめど
道の知らなく

山吹之里

面影橋の近くにある「山吹の里」の碑と神田川の桜

万葉集に登場する山吹の歌にも、さまざまな物語が織り込まれています。掲載した歌は、高市皇子（天武天皇の長男）が十市皇女《とおちのひめみこ》の急逝を嘆いて詠んだもので、「（あなたを偲んで）山吹が美しく咲いている。その山の清水を汲みに行きたいけれども、道が分かりません」という歌意です。十市皇女は大海人皇子（のちの天武天皇）と額田王の間に生まれた一人娘ですから、高市皇子にとっては、父を同じくする義理の姉となります。同時に彼女は、天智天皇の長男である大友皇子と結婚しましたから、「壬申の乱」とは父と夫との喧嘩でもあったのです。

先にも述べたように、この乱に敗れた夫は自害しています。一方、十市皇女は、その後は再婚せず二十歳代で急逝しました。「壬申の乱」から六年後のことでした。

何の不自由もなく育った姫君でも、近親同士の憎悪、権力争いのなかで悩み抜いた人生だったにちがいありません。掲載した版画は、京都市西京区嵐山にある松尾大社で、社前の清流際に咲く大振りの山吹を見て彫ったものです。大社には約三〇〇〇株の山吹があります。

一方、本章の扉ページに掲載されている馬酔木《あしび》はツツジ科の多年生の木で、早春にたくさんの白い花を咲かせます。奈良公園の「ささやきの小径」では道を覆うように咲き誇ります。

馬酔木なす栄えし君の堀りし井の
石井の水は飲めど飽かぬかも（巻七の一一二八）

馬酔木の花のように栄進したあなたが掘った
この石井の水は、いくら飲んでも飽きがこない

3

白い太花の「ほほがしは」

わが背子《せこ》が捧げて持てる
ほほがしは　あたかも似るか青き蓋《きぬがさ》
（巻十九の四二〇四　僧恵行《ほふしえぎょう》）

越中（富山）の僧であった恵行が、「わが君が捧げて持っているホオガシハ（ほうのき）は、さながら似ていることよ。青いきぬがさに」と詠んだホオノキは、五月ごろ、白モクレンのように大きな白い花を咲かせます。万葉の時代から一般になじみがあったようで、葉っぱで押し寿司を包んだり、酒を飲む杯《さかずき》代わりに使われたようです。ちなみに、「青き蓋《きぬがさ》」とは貴人のうしろから日よけ用にさす大傘のことです。ちょっとオーバーな表現と思いますが、それだけ大きな葉という比喩ですね。

余談ですが、筆者は泰山木《たいざんぼく》が好きで、長く住んだ東京都調布市内の家では玄関脇に植えていました。毎年、初夏に、モクレンやホオガシハに似た白くて大きな花を咲かせるのを楽しみにしていました。

「なんじゃい、これは」ということから、「なんじゃもんじゃ」という大木が調布の深大寺境内にあります。雪が積もったように白い花が一斉に咲く五月上旬には、同寺で「なんじゃもんじゃ祭り」が開催され、この木の下で東京消防庁の音楽隊によるコンサートが開かれます。白い花には清潔感があって、白いユニフォームの音楽隊とよくマッチし、毎年多くの人を楽しませてくれます。

1

恋多き女性の悩みを「姫百合」に託して

夏の野の繁みに咲ける姫百合の知らえぬ恋は苦しきものぞ

（巻八の一五〇〇　大伴坂上郎女《おおとものさかのうへのいらつめ》）

夏に咲く百合《ゆり》のなかでも高さ六〇センチほどの可憐な花が姫百合で、オレンジ色の花を咲かせます。坂上郎女の歌は万葉集に八五首掲載されていますが、恋の歌、それも切ない女心をストレートにぶつけた短歌が多いのです。以下に紹介する歌のように、言い寄られたら男性は逆に腰を引くかもしれませんね。

夏の花

黒髪に白髪交じり老ゆるまで
かかる恋にはいまだ逢はなくに
（巻四の五六三）

髪に白い毛が混じるこの年まで、こんな恋に出会ったことがない

心には忘るる日無く思へども
人の言《こと》こそ繁き君にあれ
（同巻の六四七）

心では忘れた日はないのに、噂がうるさくてお会いできませんね

恋ひ恋ひて逢へる時だに
愛《うるは》しき言《こと》尽してよ長くと思はば
（同巻の六六一）

恋慕ってやっと会えました。この恋を長く続けたいとお思いなら、やさしい言葉をかけてください

そうしたなかで、「夏草の繁みに咲く可愛い姫百合のように、人知れずの恋は耐えがたい辛さです」と苦しい胸の内をぶつけています。情熱的な大伴坂上郎女も「堪える悲しさ」を味わっていたのですね。

2

合歓《ねぶ》を介した紀女郎《きのいらつめ》と大伴家持の愛情表現

昼は咲き夜は恋ひ寝《ぬ》る
合歓木《ねぶ》の花
君のみ見めや戯奴《わけ》さへに見よ
（巻八の一四六一　紀女郎）

夏の花

「昼は花開き、夜は恋つつ寝る合歓の木の花を私だけが見ていていいのかしら。あなたもご覧なさい」と詠んだ紀女郎は大伴家持とはかなり親密な関係にあったようで、万葉集によれば、合歓の花と茅花《ちばや》（チガヤの花）などを添えて家持に届けたようです。それに対して家持は、次の二首を返しています。「戯奴《わけ》」は自分を卑下していう言葉です。

わが君に戯奴《わけ》は恋ふらし賜《たば》りたる
茅花《ちばな》を喫《は》めど　いや痩《や》せに痩す
（巻八の一四六二）

そういう君に恋をしたようです。いただいた茅花を食べても痩せるばかりです

吾妹子《わぎもこ》が形見の合歓木《ねぶ》は
花のみに咲きてけだしく実にならじかも
（同巻の一四六三）

あなたの形見の合歓木は、花ばかり咲いて、おそらく実にならないでしょう

また、二人が率直に取り交わした次のような歌が残っています。

神《かむ》さぶと否《いな》とにはあらねはたやはた
かくして後《のち》にさぶしけむかも
（巻四の七六二　紀女郎）

恋をするには年を取り過ぎているとか、いないとかいうのではありませんが、このように老いの身になって恋するのは、あとで淋しく思うこともありましようや

百年《ももとせ》に老舌出《おいじたい》でてよよむとも
われはいとはじ恋は益《ま》すとも
（同巻の七六四　大伴家持）

あなたが一〇〇歳になり、締まりのない口から舌を出して体がよろめくようになっても、恋心は増さるばかりで嫌いにはならないでしょう

この二人の関係は、以上のようなやり取りから想像して、灼熱の恋というよりも、お互いに率直にものを言ったり、冗談を交わせる間柄だったように思われます。みなさんは、いかがですか。

紀女郎《きのいらつめ》は、律令制度の大蔵省で金属器、ガラス器、玉器などの製作を担当していた部署である紀朝臣鹿人《きのあそみかひと》の娘だったようです。

3　色染めが落ちるのを気にしながらの菱の実採り

君がため浮沼《うきぬ》の池の菱《ひし》採《と》ると　わが染めし袖《そで》　濡れにけるかも

（巻七の一二四九　「柿本人麻呂歌集」から万葉集に転載された歌で作者は不明）

「愛しいあなたのために、沼に群生している菱の実を採っていたら、着物の裾を濡らしてしまいました」という意味です。

菱《ひし》とは、ヒシ科の一年生水草です。葉は菱形で、夏に白色四弁の花を咲かせます。菱の実は万葉期からすでに食用として知られていたことから、女性たちが沼に足を踏み入れて採っ

ていたようです。皮が堅く、実を取り出すのが大変ですが、栗のような味がするそうです（筆者は、まだ食したことがありません）。

「柿本人麻呂歌集」というのは、人麻呂自身の歌というより人麻呂の編纂した歌集という意味で、万葉集を編集する際に参考にされた私家本の一つとみられています。季節で分類した部分をもっている「非略体歌部」と、物象で分類した部分をもっている「略体歌部」とから構成されており、非略体歌には七世紀末の皇子たちを中心とする季節行事や宴会などでつくられた歌が多く、略体歌には宮廷の宴席で歌われたと思われる男女の恋歌が多いと言います。

ところで、女性が濡れた袖を気にしているのは、水に濡れるとすぐに色が落ちてしまう摺《す》り染だったからではないかと想像されます。つまり、草木の花や葉を置いて、その上から叩いてその形を布に染めつけたり、花の汁を摺りつけて染めるという原始的な染め方です。その手間は、いかほどのものだったのでしょうか。

歌に詠まれている「浮沼の池」がどこにあったのかは分かりませんが、島根県大田市飯南町にある三瓶山《さんべさん》の麓の池という説があります（矢富巌夫ほか『万葉花』ニッポン・リプロ、一九九七年参照）。

秋の花

1

「秋の花」を好んだ山上憶良と額田王

萩の花　尾花葛花
瞿麦《なでしこ》の花
女郎花《おみなえし》また藤袴《ふじばかま》　朝貌《あさがお》の花
（巻八の一五三八　山上憶良）

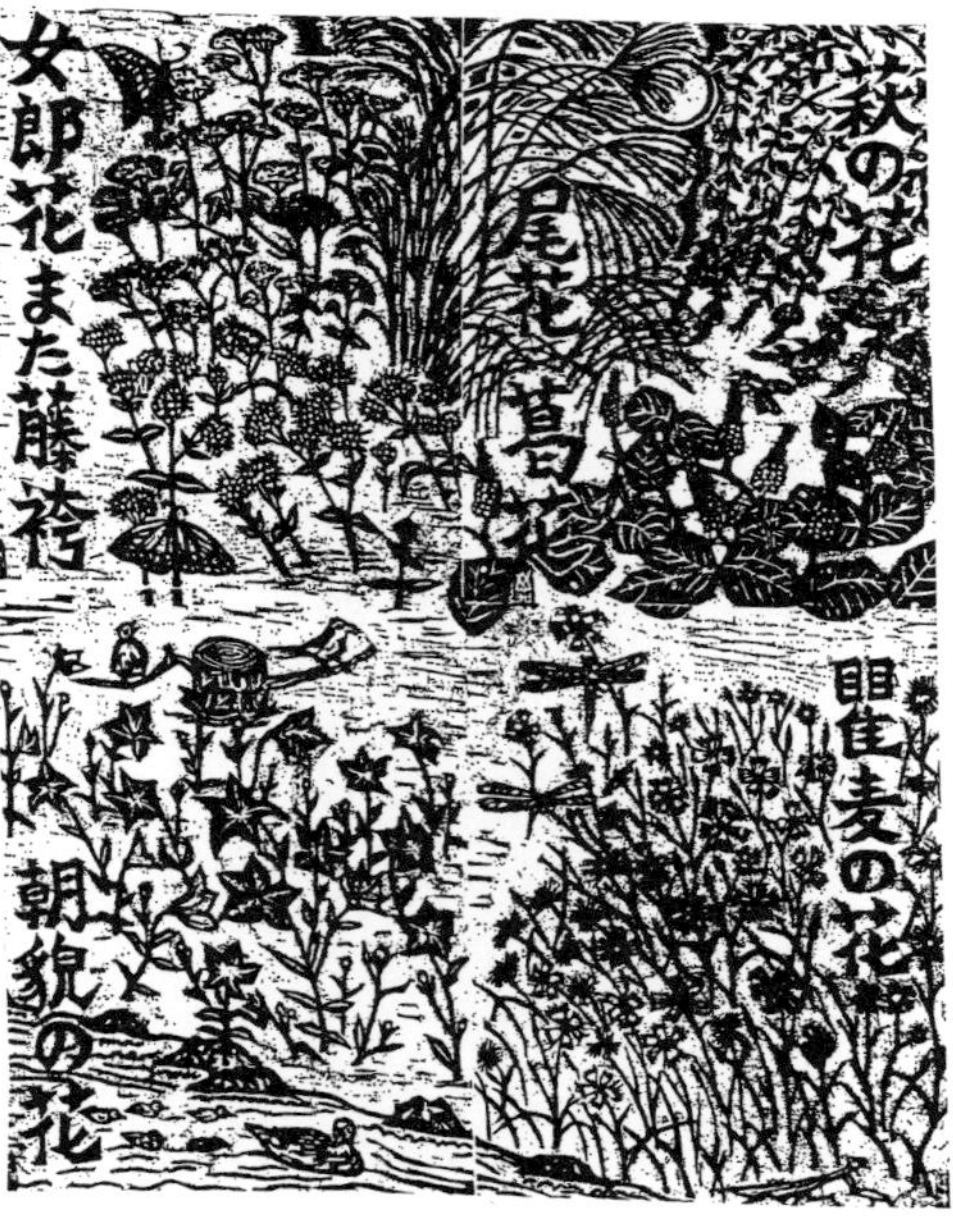

萩の花
尾花葛花
瞿麦の花
女郎花また藤袴
朝貌の花

秋の花

ハギ、ススキ、クズ、ナデシコ、オミナエシ、フジバカマ、キキョウ。これらが、山上憶良が選んだ「秋の七草」です。憶良は、この歌の前の一五三七で次のように詠んでいます。

秋の野に咲きたる花を　指折りかき数ふれば七種《ななくさ》の花

なぜ、「三草」「五草」でなく「七草」なのでしょうか。七〇一年から三年間、遣唐使少録として中国に学んだ憶良が、「七賢人」「七宝」「七曜」といった唐人たちの縁起担ぎをまねて「七草」にしたのではないかと考えられます。

「万葉集の中にみられる植物はその種類が約百六十種、歌数は千五百五十余首にわたる。この歌数は全万葉の三首に一首以上に植物が詠み込まれていることとなる」（森淳司、俵万智『万葉集』新潮古典文学アルバム2、新潮社、一九九〇年）という説明のように、万葉人は日常生活のなかで常に植物とは親しい関係にあったわけです。ただし、憶良の七草に登場する草は必ずしも現在の花とは一致しません。たとえば、「朝貌《あさがお》」は今日の朝顔ではなく桔梗《キキョウ》ではないかとみられています。ほかに、槿《むくげ》とか昼顔《ひるがお》のことという説もあります。

一方、「春山の花と秋山の花、どちらが優れているだろうか」と天智天皇が内大臣の藤原鎌足に問うたとき、額田王が代わって答えた歌が万葉集に残っています。

秋の花

冬ごもり　春さり来れば　鳴かざりし
鳥も来鳴《き》きぬ　咲かざりし　花も咲けれど
山を茂み　入りても取らず　草深み
取りても見ず　秋山の　木の葉を見ては
黄葉《もみじ》をば取りてそしのふ　青きをば
置きてそ嘆く　そこし恨めし　秋山われは
（巻一の十六　額田王）

「冬が過ぎて春が来ると、鳥も鳴きだし花も咲きだす。しかし、山は茂っていて、入って手に取ることもできない。それに対して秋山は、紅葉の木を手に取ってほめたたえ、まだ青い葉を見て嘆くこともできる。ですから、私は秋山のほうが好きです」と、才覚に富む額田王らしい理由づけをしていますが、自分がそのように問われたら春と秋のどちらを取る

秋の花

だろと考えてしまいました。

一時、家族で京都によく旅をした時期があって、春の桜、初夏のツツジやアジサイ、秋の紅葉を楽しんだものです。今でも強く心に残っているのが平野神社です。ここは「桜の博物館」と言われるように、多種類の桜を同時に鑑賞することができます。

ほかにも、円山《まるやま》公園のしだれ桜、長岡天満宮のキリシマツツジ（八条ケ池をめぐる樹高二・五メートルの約一〇〇〇本の深紅なツツジは見事）、松尾大社の山吹、蓮華寺の青もみじ、三室戸《みむろど》寺のアジサイ、そして永観堂、光明寺、北野天満宮の紅葉など、京都の名所旧跡はまさに植物の宝庫です。植物を通じて春と秋の違いを考えるだけでも四季感が高まり、充実した日常生活を送ることができるのではないでしょうか。

長岡天神のツツジ

2

「もてる男」の悲劇を味わった大津皇子《おおつのみこ》

経《たて》もなく緯《ぬき》も定めず娘子《おとめ》らが織るもみち葉に霜な降りそね

（巻八の一五一二　大津皇子）

「これを縦糸、あれを横糸と定めることなく紅葉の模様を巧みに織物に仕立てていく娘たち。その見事な紅葉を枯らさないよう、霜よ降りないでくれ」と、大津皇子は詠んでいます。秋の花と言えば、山上憶良の七草にも出てくる萩がその代表で万葉集にも多く詠まれていますが、紅葉（黄葉とも書く）もそれに劣らずたくさんの歌題になっています。

天武天皇の三男である大津皇子の歌は万

秋の花

葉集に四首掲載されています。漢詩も得意だったようで『懐風藻』（最古の漢詩集）にも作品が見られます。彼には、草壁皇子（日並皇子尊《ひなみしのみこのみこと》ともいう）という異母兄がいました。この二人の皇子が、石川女郎《いしかわのいらつめ》という女性をめぐって恋の駆け引きを展開します。もともとは草壁皇子の恋人である石川女郎を大津皇子が愛し、次のような歌を彼女に贈ります。

あしひきの山のしづくに妹待つと
わが立ち濡れし山のしづくに
（巻二の一〇七）

妹を待って立ち続けていると、あしひきの山の滴に濡れてしまった

石川女郎はこの誘いには乗らず、デートにも行かなかったのですが、次の歌を大津皇子に返しました。

吾《あ》を待つと君が濡れけむあしひきの
山のしづくに成らましものを
（同巻の一〇八）

私を待って濡れてしまったという、山のしづくになりたいわ

石川女郎は草壁皇子のことを考えて、大津皇子の申し出は断ったものの、心の中では大津皇子に強くひかれるところがあったのでしょう。その結果、当時の陰陽師（占い師）である津守連通《つもりのむらじとおる》に、二人の恋愛関係が暴露されてしまいました。今日なら、テレビや週刊誌を通じて「二人の王子を天秤《てんびん》にかけた不倫の恋」と大スキャンダルに発展したことでしょう。

実は、大津皇子には山辺皇女という妻がいたのです。しかし、大津はこうした噂にも動ぜず、石川郎女との愛を貫きます。次は、そのときに詠まれた歌です。いやはや、です。

大船の津守が占《うら》に告《の》らむとはまさしに知りてわが二人宿《ね》し

（巻二の一〇九）

津守占いに出ることを知りながら、すでに石川女郎と寝たことだ

こうした三角関係が影響してか、天武天皇の死後に即位した持統天皇は、自分が産んだ草壁皇子への可愛さ余って、息子の宿敵であり、義理の息子である大津皇子を謀反の計画ありとして捕えさせ、翌日、死刑処分にしてしまったのです。時に、大津皇子は二四歳という若さでした。

遺体は、二上山《ふたかみやま》（「にじょうざん」ともいう）に埋葬されました。大津皇子の姉である大伯皇女《おおくのひめみこ》（伊勢斎宮）は、弟を悼んで次のような哀悼歌を詠んでいます。

秋の花

うつそみの人にあるわれや明日よりは
二上山を弟世《いろせ》とわが見む
（巻二の一六五）

親しい関係にある私は、明日から二上山を弟と思って見ることにします

一方、草壁皇子が石川郎女に贈った歌も紹介しておきましょう。万葉集には次の一首が残っています。

大名児《おおなご》が彼方《おちかた》野辺に刈る草の
束の間もわが忘れめや
（巻二の一一〇）

草を刈る束の間も、お前のことを私が忘れることがあろうか

草壁は、大津が自害させられたあと、即位をすることなく皇太子のまま一八歳で急逝しています。実の息子のためとはいえ、草壁のライバルであった大津を葬り去った母親の持統天皇も複雑な思いであったことでしょう。

二上山（雄岳）山頂付近にある大津皇子の墓

3

紅葉には「風」と「川」がよく似合う

十月時雨《かむなづきしぐれ》に逢へる黄葉《もみじば》の吹かば
散りなむ風のまにまに
（巻八の一五九〇　大伴宿禰池主《おおとものすくねいけぬし》）

あしひきの山の黄葉　今夜《こよい》もか
浮《うか》びゆくらむ山川の瀬に
（巻八の一五八七、大伴宿禰書持《おおとものすくねふみもち》）

秋の花

黄葉《もみじば》の散りゆくなへに
玉梓《たまづさ》の使《つかい》を見れば逢ひし日思ほゆ
（巻二の二〇九、柿本人麻呂）

この三首は、いずれも紅葉の散りゆく情景を歌っています。一首目は、ひらひらと風に揺れて散っていく紅葉を、二首目は散った紅葉が山の急流を流れていく光景を詠んでいますが、自らの人生と重ね合わせて感慨にふけっているように思えます。

三首目は、柿本人麻呂が妻の死に際してつくった歌の一つです。「紅葉の散りゆく景色のなかで妻の死を知らせる使いに接して、改めて、彼女と会った日のことが思われてならない」という内容ですが、愛妻家であったであろう柿本人麻呂の心情がよく伝わってきます。「使い」、つまり使者は、巫女《みこ》が神霊を呼び寄せる際に使用する梓《あずさ》を持っていました[1]。

万葉集「巻二の二〇七」に、同じく妻の死を悲しむ人麻呂の長歌が掲載されています。そこでは、妻が生前によく通っていた「軽の市(2)」のことが歌われています。「市に出掛けてみたが、妻の声も聞こえないし、妻に似た女性も見かけない。仕方なく、妻の名前を呼んで袖を振った」という趣旨の長歌です。参考までに、原歌を掲載しておきましょう。

天《あま》飛ぶや軽《かる》の路は吾妹子《わぎもこ》が里にしあれば　ねもころに見まく欲しけど
止《や》まず行かば人目を多み　数多《まね》く行かば人知りぬべみ狭根葛《さねかづら》　後も逢はむと
大船の思ひ憑《たの》みて玉かぎる磐垣淵《いはかきふち》の隠《こも》りのみ恋ひつつあるに　渡る日の暮れぬるが如《ごと》
照る月の雲隠る如《ごと》　沖つ藻の靡《なび》きし妹《いも》は黄葉《もみちば》の過ぎて去《い》にきと玉梓《たまづき》の使《つかひ》の言へば梓弓《あずさゆみ》
声に聞きて言はむ術《すべ》　為《せ》むすべ知らに　声のみを聞きてあり得《え》ねば　わが恋ふる
千重《ちへ》の一重《ひとへ》も慰《なぐさ》もる情《こころ》もありやと　吾妹子《わぎもこ》が止《や》まず出で見し軽の市に
わが立ち聞けば玉襷《たまだすき》　畝傍《うねび》の山に鳴く鳥の声も聞こえず
玉桙《たまほこ》の道行く人も一人だに似てし行かねば　すべをなみ　妹《いも》が名喚《よ》びて袖そ振りつる

(1) 梓は、死んだ人のお宅を弔問する際に持参するという慣習があった。
(2) 「軽」とは奈良県橿原の総称で、「軽市」という市場が当時立っていた。

冬の花

1

新年を寿《ことほ》ぐ木、弓絃葉《ゆづるは》

古《いにしえ》に恋ふる鳥かも弓弦葉の御井《みい》の上より鳴きわたり行く

（巻二の一一一　弓削皇子《ゆげのみこ》）

作者の弓削皇子は天武天皇の第六皇子です。「あの鳥は昔を懐かしがっているのでしょうか。弓弦葉の茂っている井戸の上を鳴きながら渡っていきます」と詠んでいます。実はこの歌の前に、「吉野に旅した弓削皇子が額田王に贈った一首」という但し書きがついています。

額田王と言えば、天武天皇が大《おお》海人皇子《あまのみこ》と呼ばれていた当時に結ば

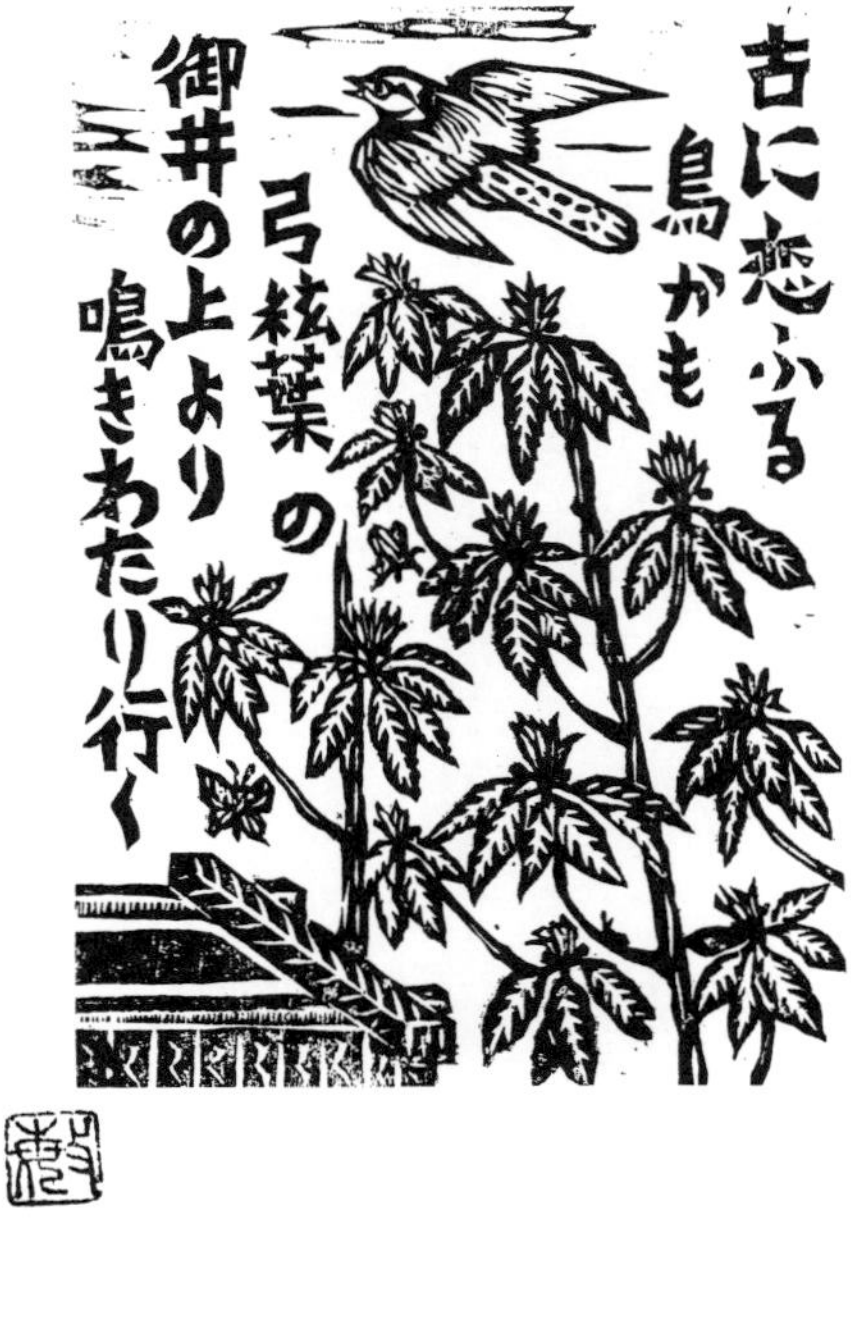

れて十市皇女《とおちのひめみこ》を産んでいます。その後、先にも述べたように、額田王は天智天皇の寵愛を受けて後宮に入りました。義理の母とも言える額田王の、若かりしころを思って詠んだ歌とも言われています。この歌への額田王の返歌が載っています。

古《いにしえ》に恋ふらむ鳥は霍公鳥《ホトトギス》
けだしや鳴きし　わが念《おも》へる如《ごと》
（巻二の一一二）

「（弓削皇子が）『昔を恋ふ』という鳥とはホトトギスもことでしょう。恐らく、鳴いていたでしょうね。私が昔を懐かしく思って泣くように」という歌意ですが、すでに天智天皇との関係も熱愛期が過ぎて、老境に入った額田王の心境がうかがえます。額田王へのさらなる返歌と推測される弓削皇子の一首が残っています。

霍公鳥無かる国にも行きてしか
その鳴く声を聞けば苦しも
（巻八の一四六七）

ホトトギスのいない国に行きたいものだ。その鳴き声を聞くと苦しくなる

たぶん、前記の額田王の返歌を受け取って、弓削皇子は華やかだった彼女の全盛期と比較して峠が過ぎた女性に憐憫《れんびん》の情を強くしていたのでしょう。弓削皇子の生没年は不詳ですが、二七歳で死去と推定している学者もいます。病弱だったのか、薄命でした。心根のやさしい青年だったのでしょう。

冒頭の歌にある弓弦葉は、正月の飾り物に用いられます。若葉が成長すると古い葉が譲って落ちることから「ユズルハ（ユズリハ）」という名が付き、いつしか新年にふさわしい植物とされたようです。

2　赤く熟した実をつける山橘は「情熱」の象徴

あしひきの山橘《やまたちばな》の色に出《い》でよ　語らひ継ぎて逢ふこともあらむ

（巻四の六六九　春日王《かすがのおおきみ》）

山橘（ヤブコウジ科の小低木）は夏に白い花を咲かせますが、赤く実が熟すのは冬です。ヤブコウジが「十両金」と呼ばれるようになったのは、恐らく江戸時代になってからと思われます。万両、千両と同様に、正月用の植物として古くから鑑賞の対象になってきました。

　大伴家持も次のような歌を残しています。

冬の花

この雪の消残《けのこ》る時に
いざ行かな山橘の実の照るも見む
（巻十九の四二二六）

この雪が消えずに残っているうちに、さあ山橘の赤い実が白い雪のなかで輝いている様子を見に行こうよ

春日王の掲載歌は、家持とは違って山橘の深紅な実を恋心として歌い込んでいます。「山橘の実は赤く色づいている。私たちも遠慮することなく気持ちを出し合って語り合おうよ」と、恋する相手に呼びかけています。

現代に比べると男女関係が非常におおらかだった万葉期ですが、やはり人目をはばかるケースもあったのでしょう。冬の寒気のなかで赤く実をつける山橘にたとえて、恋心を駆り立てているところが面白いですね。

春日王は志貴人皇子（第3章4参照）の子どもで、万葉集にはこの一首のみを残しています。ただ、別人と思われる春日王（弓削皇子と近い関係にあった）もいて、こちらの春日王の歌としては、「**王《おおきみ》は千歳に座《ま》さむ白雲も三船の山に絶《た》ゆる日あらめや**」（巻三の二四三。大君は長寿でいらっしゃるでしょう。白い雲だって三船山で絶えることがありましょうや）という一首が万葉集に掲載されています。

3　盛会だった大伴旅人宅での「梅花の宴」

梅の花　今盛りなり思ふどち挿頭《かざし》にしてな今盛りなり

（巻五の八二〇　葛井連大成《ふじいのむらじおおなり》）

七三〇年一月一三日、太宰帥《だざいのそち》（六八ページ参照）であった大伴旅人の家で開かれた梅花の宴で詠まれた歌です。万葉集の「巻五」に、そのときに詠まれた歌が並べて掲載されていますが、冒頭には次のような注釈がついています。

「時あたかも新春の令月（めでたい月）で、空気は澄み、風はさわやか。梅は、美女が鏡の前で装いに使う白粉《おしろい》

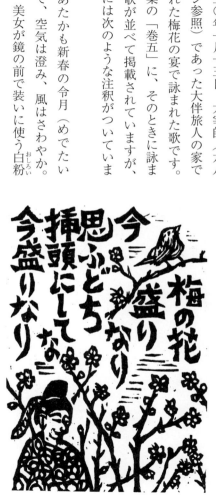

のように白く咲き誇り、蘭が身を飾った香りを漂わせている。明け方の山には雲が漂い、山の窪みには霧がかかっている。鳥は林に迷い込んで鳴いている。人々は酒を酌み交わして、大自然と向き合っている。さあ、庭の梅を眺めながら歌をつくろうではないか」

「梅の花は今が盛りだ。親しい仲間たちよ、盛りの梅をみな、髪に挿そうよ」と詠んだ葛井連大成。主催者の大伴旅人を囲んで、参加者たちがはしゃいでいる光景が伝わってきます。

この宴には地元の名士なども参加していましたが、なかには薬師《くすし》（あるいは「くすりし」）と呼ばれていたお医者さんもいたようで、次の一首を披露しました。

梅の花咲きて散りなば桜花《さくらばな》継ぎて咲くべくなりにてあらずや

（巻五の八二九　薬師・張氏福子《ちょうしのふくし》）

「梅の花が咲き、散ってしまったら、次は桜が咲くように（世の中は）できているのではないだろうか」という意味です。現代の日本においても、「梅」の次は「桜」と、古代から変わることなく季節がめぐっていきます。

第5章

古都賛歌

興福寺の仏頭（ペン画）

1　カラフルだった奈良の都

藤波《ふじなみ》の花は盛りになりにけり
平城《なら》の京《みやこ》を思ほすや君
（巻三の三三〇　大伴四綱）

大和には鳴きてか来《く》らむ霍公鳥《ホトトギス》
汝《な》が鳴く毎《ごと》に亡《な》き人思ほゆ
（巻十の一九五六　作者不詳）

春日なる三笠の山にゐる雲を
出で見るごとに君をしそ思ふ
（巻十二の三二〇九　作者不詳）

小学校や中学校の修学旅行で、奈良や京都を訪れた人は多いことでしょう。筆者もその一人ですが、近年は、その風景がかつてに比べて大きく変わっています。二〇一五年、京都五条坂上にある清水寺を久しぶりに訪れたときのことです。

続々と到着する大型の観光バスから降りてくるのは、多弁で行動的な中国人の観光客たちです。また、貸衣装屋で舞妓さんの姿に変じた女性たちを見ると、選んだ着物柄が派手派手なので日本人ではないことがすぐに分かります。こうした中国人集団の脇をタクシー運転手兼ガイドたちが、それぞれ三、四人の日本人中学生を引き連れて「清水の舞台」や「音羽の滝」へと案内する姿が妙に小さく映りました。

筆者が中学生のときは、タクシーでの修学旅行など夢想だにしなかったことですが、今どきは「修学旅行はタクシーで」が常識となっています。地元のタクシー運転手さんが、「観光バス利用とタクシー利用の料金に大差がないからでしょう。学校側も、タクシー利用のほうが先生の負担軽減につながると思ってるんじゃないですか。ちなみに、中国人観光客で混雑するのは清水寺、金閣寺、伏見稲荷がベスト3で、少し外れた場所にある寺院はそれほどでもないですよ」と教えてくれました。

掲載した三首は、京都ではなく、奈良が都として輝いていた七〜八世紀の情景を詠んだ歌です。

奈良県生まれの洋画家である絹谷幸二氏は、万葉集「巻三」に掲載されている「**あをによし寧楽《なら》の京師《みやこ》は咲く花の薫《にほ》ふがごとく今盛りなり**」（第2章2を参照）に関連して次のように書いています。

奈良は、かつて色彩あふれる都だった。「青丹（あをに）」という枕詞《まくらことば》は緑青や丹色、朱といった色のことだ。往時は寺も社も華やかに彩られ、祭りともなれば何色もの旗やのぼりが満艦飾のように社殿を覆ったにちがいない。いにしえの歌人の目には、都が野に咲く花々のようにあでやかに映ったのだ」。（日本経済新聞、二〇一五年一一月一日付朝刊「私の履歴書」より）

掲載した歌に詠まれているように藤の花が咲き、ホトトギスが鳴き、三笠山には雲がかかって、春夏秋冬それぞれに色彩感に富んだ大規模な都だったのでしょう。今も東大寺の周辺を散策すると、現代のような技術や交通機関がまったくなかった時代に、これだけスケールの大きい都市設計をし、巨大な盧舎那仏（大仏）や金堂（大仏殿）を造った先人たちのパワーに圧倒されます。何回来ても、「でっかいなあ」と思わず声を上げてしまいます。

七五二年、大仏の開眼供養が行われたときはさぞ華やかなことだったでしょう。掲載歌に見られる「盛り」という表現が、当時の繁栄ぶりを象徴しているように思われます。

東大寺の執金剛神像（ペン画）

東大寺の大仏殿

六〇七年、聖徳太子によって開基創建された法隆寺についても触れておかねばなりまねん。

斑鳩《いかるが》の因可《よるか》の池の宜《よろ》しくも
君を言はねば思ひそわがする
（巻十二の三〇二〇　作者不詳）

斑鳩の因可の池のように素晴らしくても、君のことが評判にならないので気にしています

奈良県斑鳩町にある法隆寺は、現存する世界最古の木造建築で、日本の宝であるだけでなく「世界の宝」と言っていいでしょう（一九九三年に世界文化遺産に認定）。掲載ペン画の観音菩薩立像（百済観音）や聖観音菩薩立像（夢違観音）などの仏像をはじめとして、寺宝の多くが国宝に指定されています。筆者は五重塔の中の塑像群、とくに釈迦涅槃像に心が惹かれています。

大学生のころに通った法隆寺の夏季大学で、大岡実氏（工学博士）から金堂のエンタシス、中門の建築様式などについて講義を受けたことが昨日のことのように思われます。いろいろな講義のなかで、勉強になったことの一つに仏像の寸法に関する考察がありました。なぜ百済観音は二メートルにも及ぶ長身で、なぜ法輪寺の虚空蔵菩薩はあんなに短躯なのでしょうか。

飛鳥時代の仏像の造り方は、現代のようにあらかじめ形や寸法を決めてから造るのではなく、山から切ってきた木が長ければ長く、短ければ短く仏像に彫ったので、さまざまな木造の仏がで

法隆寺の観音菩薩立像（百済観音）（ペン画）

法隆寺

きたというのです。まさに、夏目漱石の『夢十夜』(一九〇八年、朝日新聞連載)の「第六夜」に出てくる運慶の仁王造りにそっくりで、木に埋まっている仏をノミで掘り出してくるような話ですね。

家にあらば妹が手まかむ草枕
旅に臥《こや》せるこの旅人あはれ
(巻三の四一五　聖徳太子)

家にいたら妻の手を枕にしているであろうに、草を枕に旅の途中で生き倒れてしまったこの旅人は哀れなことだ

万葉集に載っている聖徳太子の作品は、この一首だけです。太子が大阪に旅する途中、生駒の龍田山で行き倒れになっている男性を見てつくった歌です。このとき、太子は自らの衣装を遺体にかけて、安らかな眠りを祈ったと日本書紀は伝えています。

東大寺、法隆寺といった古寺は、現代の寺院と違って墓地がなく、宗教の学問所という感じです。東大寺の戒壇院(四天王が配列されている)を訪れると、とくにそう感じます。唐から来日した鑑真和上が僧に戒を授ける場として設けた場所ですが、広目天などの四天王に囲まれて狭い堂内に佇んでいると、人間としての全人格を問いただされているような厳粛な気分になります。

本来、宗教とは、仏教、キリスト教、イスラム教といった違いを問わず、人の道を教える学問

だったのでしょう。私が現役の記者時代に知り合った政治家や経済人も、心の何処かに宗教心をもっている人が目立ちました。政界では、故大平正芳元首相がクリスチャンとして有名でしたし、経済界では橋本徹日本政策投資銀行相談役（旧富士銀行頭取、ドイツ証券会長）のように、今でもキリスト教の道徳再武装運動である「イニシアティブス・オブ・チェンジ（Initiatives of Change：ＩＣ）」に積極的かかわっているクリスチャンもいます。

また、京都・知恩院の敬虔な信徒だった故金子岩三元農相は、新幹線がなかった時代、選挙区の長崎から夜行列車で上京する車中で大船の観音像を見ては、「自分もいつか地元にこんな観音様をつくる」と心に誓ったそうです。そして五三歳のとき、故郷である平戸市生月町の高台に、高さ一八メートルの「生月魚籃観音」を私財で建立しました。

「キミ、観音様の碑文を書いてくれないか」

日中正常化から間もない一九七四年、三週間にわたって中国を一緒に旅した金子岩三さんからの依頼とあっては断り難く、生月観音建立の経緯を汗かきながら書いたことを懐かしく思い出します。

（1）「対立する世界（文化、国籍、宗教など）をつなぐ信頼を築く」ことを目的として活動している国際的な組織。一人ひとりの日々の生活と人間関係のなかで変化が起きることで社会変革を実現する、という考え方によって立っている。

2　大海人皇子《おおあまのみこ》が天下掌握の戦略を練った吉野

よき人の　よしと　よく見て
よしと言ひし芳野よく見よ　よき人　よく見《みつ》
（巻一の二七　天武天皇）

み吉野の吉野の宮は山からし貴《たふと》くあらし　水《かは》からし
さやけくあらし　天地《あめつち》と　長く久しく　万代《よろづよ》に
改《かわ》らずあらむ　幸《いでま》しの宮
（巻三の三一五　大伴旅人）

み吉野の象山《きさやま》の際《ま》の木末《こぬれ》には
ここだもさわく鳥の声かも
（巻六の九二四　山部赤人）

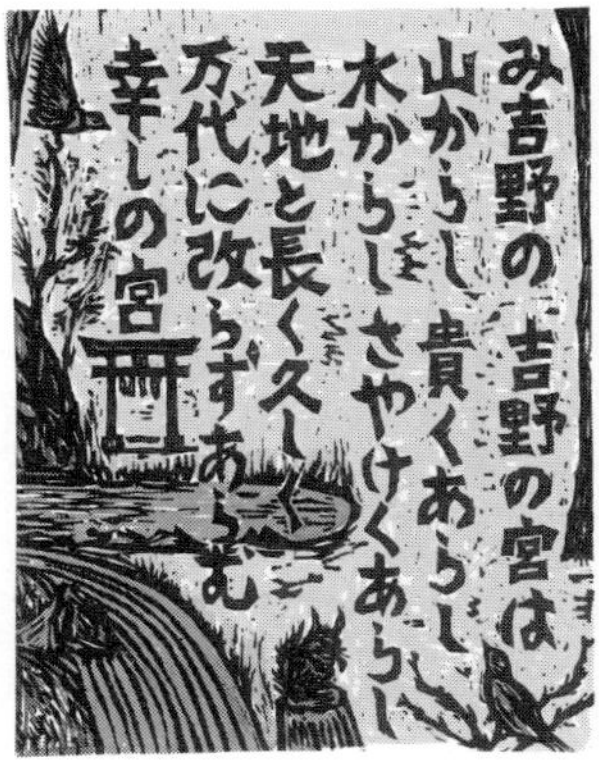

「ひと目千本」と言われる桜を見たいと訪れた吉野でしたが、少し時期が遅かったせいか下千本、中千本、上千本のうち残っていたのは上千本のわずかで、吉野山は新緑に覆われていました。かつて修験者が桜の木で蔵王権現像を彫ったことから、吉野では桜は御神木とされています。

大海人皇子（天武天皇）が兄である天智天皇の本心を知って、出家を申し出て吉野離宮に隠遁したのは六七一年のことでした。吉野離宮とは、千本桜のある吉野山から東へ三キロほど、一山越えた吉野川沿いにあったとされる皇族の別荘です。斉明天皇が吉野宮を造営してから歴代天皇が行幸し、なかでも持統天皇は三〇回以上も訪れたようです。具体的な場所は、諸説あってはっきりとしていませんが、吉野町の宮滝から川上村の大滝あたりというのが有力な説になっています。[2]

み吉野の
象山の際の
木末には
ここだもさわく
鳥の
声かも

兄の「本心」とは、後継を弟の大海人皇子でなく息子の大友皇子（のちの弘文天皇）に託したいというものでした。突っ張って王位に色気を見せれば、兄弟とはいえ、自らの命が危ないと大海人皇子は判断したのです。そのとき、天智天皇は病身でした。隠遁しても、そう遠くない時期にチャンスが回ってくるかもしれないという計算もあったのでしょう。大海人皇子の予見どおり、天智天皇は同年一二月に亡くなりました。

そして翌六七二年の六月、吉野離宮を出て、初めは数十人で挙兵した大海人皇子でしたが、途中から高市皇子《たけいちのみこ》、大津皇子《おおつのみこ》といった息子たちや、大伴吹負《おおとものふけい》、馬来田《まぐた》兄弟らも加勢し、軍勢は一挙に拡大しました。最後は、琵琶湖の瀬田橋の決戦で大海人軍が大友皇子の朝廷軍を破っています（一一ページ参照）。

（2）　奈良県吉野町宮滝に「吉野歴史資料館」があり、遺跡から出土した古代遺物などを展示している。TEL：0746－32－0190（月・火曜休館）

毎年九月に行われる「彼岸花祭り」の持統天皇の行幸（写真提供：阪南大学国際観光学部吉兼秀夫ゼミ）

七月二三日、大友皇子は首を吊って自殺し、約一か月に及んだ「壬申の乱」は終結をみました。大友皇子は二五歳という若さでした。一方、大海人皇子は、都を大津から飛鳥浄御原宮《あすかきよみはらのみや》（八〇ページの写真参照）に移し、六七二年、天武天皇として即位しました。

一首目の天武の歌は、「善き人が良い場所としてよく見て『良し』と言った吉野をよく見てごらん。善き人もよく見た所だ」という意味です。「吉野」も含めて「よき」「よし」を八回も使っている語呂合わせの歌ですが、才覚に富んだ指導者だったことをうかがわせます。

二首目と三首目は万葉歌人の作ですが、いずれも吉野の自然の素晴らしさを讃えています。大伴旅人は「山川が貴く清らかで、天皇がお見えになるこの宮は幾世にも栄えるだろう」と詠み、山部赤人は「吉野の山の梢には鳥のさえずりが響いている」と生き物の聖地として歌い上げています。

近鉄吉野線の吉野駅を起点に、金峯山寺《きんぷせんじ》、吉水神社《よしみず》、竹林院があるほか、吉野離宮があったとされるエリアには後南朝の御所跡などもあり、千本桜のほかにも見どころが多々あります。柿の葉寿司、葛、山菜、猪肉など、吉野山の味とともに古《いにしえ》の日本に触れられるのが吉野の大きな魅力となっています。

3　政治の中心地でもあった心のふるさと明日香《あすか》

大和には群山《むらやま》あれど　とりよろふ　天の香具山　登り立ち　国見をすれば
国原は煙り立ち立つ　海原は鷗立ち立つ　うまし国そ　蜻蛉島《あきづしま》　大和の国は
（巻一の二　舒明《じょめい》天皇）

明日香川　七瀬《ななせ》の淀に住む鳥も　心あれこそ　波　立てざらめ
（巻七の一三六六　作者不詳）

三諸《みもろ》の神名備《かむなび》山に五百枝《いほえ》さし　繁《しじ》に生《お》ひたる　つがの木の　いや継《つ》ぎ継《つ》ぎに　玉《たま》かづら
絶ゆることなく　ありつつも　止《や》まず通はむ　明日香の旧《ふる》き京師《みやこ》は山高み　河雄大《かわとほしろ》し
春の日は　山し見がほし　秋の夜は　河し清《さや》けし　朝雲に　鶴《たづ》は乱れ　夕霧に
河蝦《かわづ》はさわく　見るごとに　哭《ね》のみし泣かゆ　古思《いにしへ》へば
（巻三の三二四　山部赤人）

明日香川
七瀬の
淀に
住む
鳥も
心あれこそ
波
立てざらめ

三諸の神名備山に五百枝し
繁に生ひたるつがの木の
いや継ぎ継ぎに玉かづら
絶ゆることなくありつつも
止まず通はむ
明日香の旧き京師は山高み
河雄大し
春の日は
山し見がほし
秋の夜は河し清けし
朝雲に鶴は乱れ
夕霧に河蝦はさわく
見るごとに
哭のみし泣かゆ古思へば

聖徳太子や天武天皇、持統天皇が活躍した時代の政治の中心地は、現在の奈良県明日香村の周辺でした。地図上で言えば、天香久山―岡寺・石舞台古墳―高松塚古墳―橿原神宮を結ぶ四角形の内側が飛鳥時代における政《まつりごと》の中心舞台でした。聖徳太子誕生の地とされる橘寺、蘇我氏の発願による日本最初の仏教寺院である飛鳥寺、蘇我入鹿《そがのいるか》の首塚、蘇我蝦夷《そがのえみし》、入鹿親子が豪邸を構えていたという甘樫丘《あまかしのおか》など、古代史ファンにとって垂涎《すいぜん》のエリアです。

　舒明天皇は、「大和三山」と言われる天の香具山（ほかの二山は畝傍山、耳成山）に登って周囲を見わたし、一首目のように美しい国土を讃えました（「はじめに」の版画参照）。一方、二首目では、「明日香川の七瀬の淀に住んでいる鳥も、心があるからこそ波を立てずにじっとしているのだろう」と詠んでいます。明日香川（飛鳥川）は高取山（五八三・九メートル）を源流として、甘樫の丘、藤原宮の側を流れて大和川に合流します。

　三首目の長歌は、「神が天下る山に多くの枝を広げて茂っている栂《とが》の木。次々とつる草の伸びていくように、絶えず通

聖林寺から三輪山を望む

い続けたい思った明日香の都は、山も高く川も雄大だった」と、栄えていた明日香が遷都によってさびれてしまったことを嘆く歌です。川音、鶴の乱舞、蛙の鳴き声などに接して、「都として栄えた昔を思って泣けてくる」というのです。

持統天皇時代の六九四年に藤原京への遷都が行われましたが、このときは耳成山を頂点に天の香具山と畝傍山の大和三山を結んだ三角形のなかに、隣国・唐の長安に模した碁盤型の都市が建設されたのです。

現在、大和三山の絶好の眺望スポットとなっている藤原宮跡には、季節ごとの花が植えられており、菜の花やコスモス、ハスなど色とりどりの花のカーペットを楽しむことができます。また、ここから香具山方向を望む展望にはコンクリートの建物がまったく映り込まないため、映画の撮影舞台としても利用されています。建物跡を示す朱色の柱のみが立っている藤原宮跡、悠久のロマンに浸るには絶好の所です。是非、訪れてみてください。

藤原京から三輪山を望む

4 都が奈良から京都に移ったとき

人心の一新などを図って、桓武《かんむ》天皇が都を奈良から京都長岡京に移したのは七八四年のことです。さらに桓武天皇は、七九四年、長岡京から平安京に遷都しました。奈良時代が終わり、平安時代がはじまったわけです。

平安京も碁盤の目のように縦横に規則正しい町並みですが、その中心にあったのが聖徳太子の手で創建された六角堂だと言われています。三条の錦市場に近い所で、生け花の「池坊本部」と隣接しています。

聖徳太子が沐浴したという池があり、その近くには小野妹子を始祖とする僧侶の住居があって、花を供えていたことから「池坊」という名前が付けられたそうです。たまたま筆者は、池坊本部のエレベーターに乗って高所から六角形の全貌を見ることができました。

上から見た六角堂

聖徳太子信仰の寺としては、太秦にある広隆寺も有名です。平安遷都以前からあった京都最古の寺と言われています。広隆寺には、国宝彫刻の第一号となった弥勒菩薩半跏思惟像「宝冠弥勒」が安置されています。いつまで拝していても飽きが来ない、筆者の一番好きな菩薩像です。

広隆寺の弥勒菩薩半跏思惟像（ペン画）

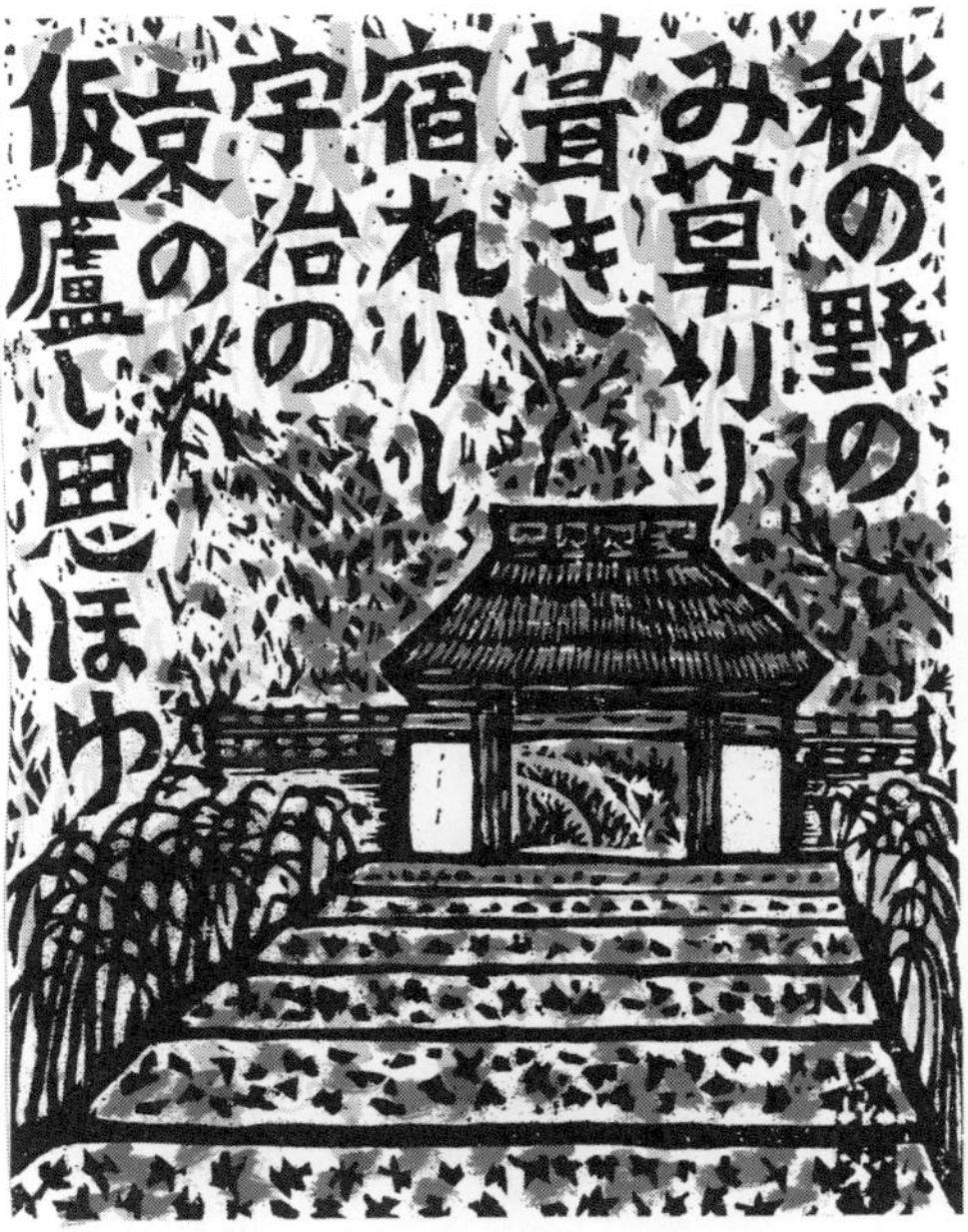
秋の野の
み草刈り
葺き
宿れりし
宇治の
京の
仮廬し思ほゆ

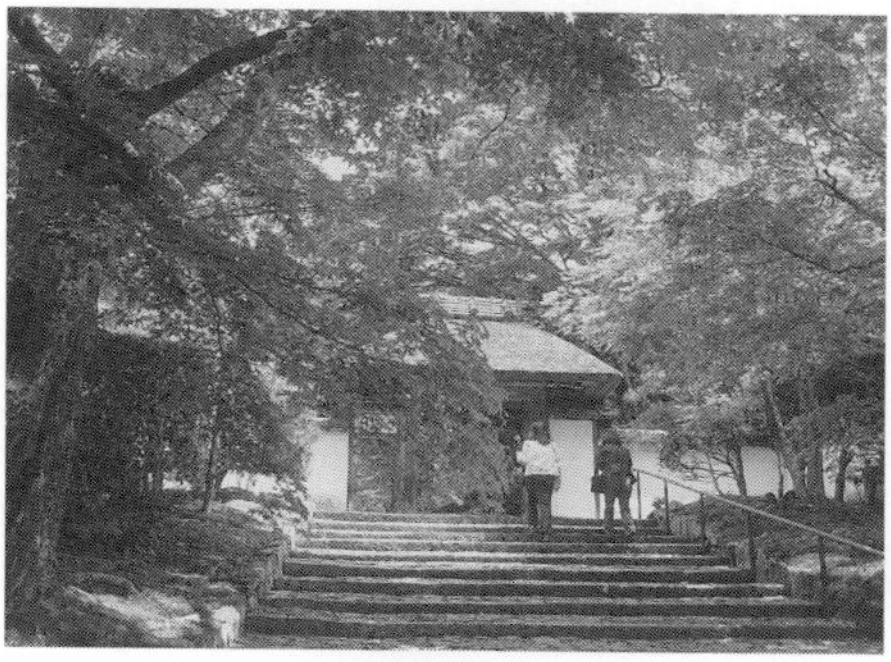

京都安楽寺

秋の野の　み草刈り葺《ふ》き　宿れりし
宇治の京《みやこ》の仮廬《かりほ》し思ほゆ
（巻一の七　額田王《ぬかたのおおきみ》）

「秋の野のススキを刈り取って屋根に葺《ふ》いて泊まった。あの宇治の都での仮の宿が思い出されます」と詠んだ額田王。筆者は京都市左京区の安楽寺（松虫鈴虫寺）をモデルにして木版画をつくりました。松虫姫、鈴虫姫伝説(3)で知られる鹿ケ谷の寺です。燃えるような紅葉のなかをくぐる寺門が、この歌の仮の宿にふさわしいと思ったからです。

額田王が歌に詠んだ宇治と言えば平等院がすぐ浮かんできます。筆者はこの鳳凰堂に付随した博物館・鳳翔館に展示されている木彫

平等院の天女群（ペン画）

りの天女群（雲中供養菩薩）が大好きです。第2章6でも一部ご紹介しましたが、楽器を演奏する四菩薩の姿をペン画で表現してみました。

こうした天女たちを見ていると、死後の世界に霊魂を鎮めてくれる極楽が本当にあるのではないかと思えてくるから不思議です。そこには邪悪なものは存在せず、ただただ心和む音楽が天女たちのしなやかな振る舞いとともに現出し、死者は自らが天国にいることを実感するのではないでしょうか。

（3）後鳥羽上皇の女官だった松虫姫（当時一九歳）、鈴虫姫（同一七歳）が上皇の紀州熊野行幸中に鈴虫寺で仏門に入った。これに怒った上皇は、住連上人、安楽上人を斬首、法然上人、親鸞上人を流罪にした。

平等院の天女群（ペン画）

5 消えた去った都への追慕

玉襷《たまだすき》　畝火《うねび》の山の橿原《かしはら》の　日知《ひじり》の御代《みよ》ゆ
生《うま》れましし　神のことごと　樛《つが》の木の
いやつぎつぎに　天《あめ》の下　知らしめししを
天にみつ　大和を置きてあをによし　奈良山を越え
いかさまに　思ほしめせか　天離《あまざか》る
夷《ひな》にはあれど石走《いはばし》る　淡海《あふみ》の国の楽浪《ささなみ》の
大津の宮に天の下　知らしめけむ天皇《すめろき》の
神の尊《みこと》の大宮は此処と聞けども
大殿は此処と言へども　春草の繁く生《お》ひたる霞立ち
春日の霧《き》れるももしきの　大宮処《おおみやどころ》　見れば悲しも

（巻一の二九　柿本人麻呂）

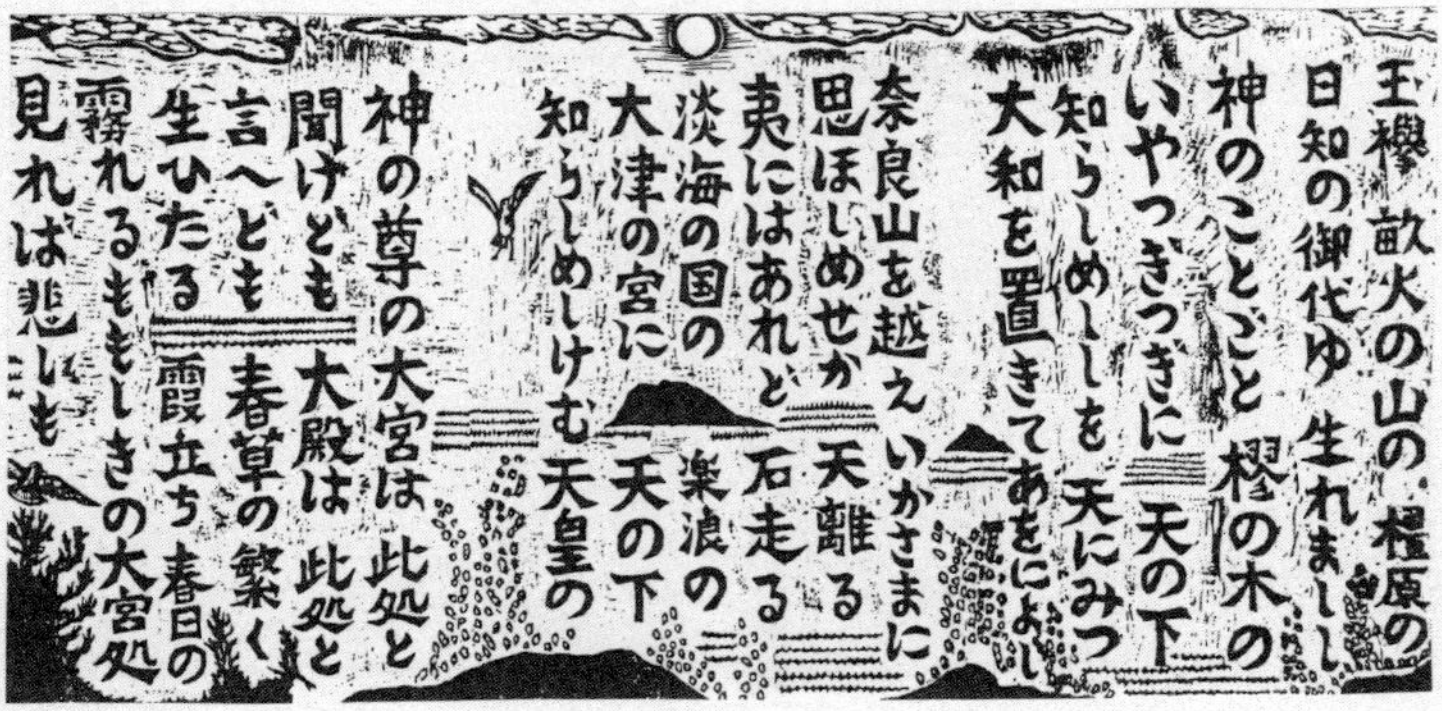

歌聖といわれる柿本人麻呂の長歌は、万葉集に一九首掲載されています。これは近江大津京の廃墟に立って旧都を偲んだ歌です。

「美しい襷《たすき》をかけたような畝傍山の山麓、橿原の地に都をつくった天皇の時代からツガの木のように続いてきた都・大和の地を後にして、奈良山（平城山《ならやま》）を越えて、どのような配慮からか、田舎である琵琶湖畔の近江大津に天下を治める場が設けられた。それがここである。かつてはここに大きな宮殿もあったと聞くが、いまや春草が生い茂って霞がかっている。この大宮の跡を見ていると、悲しさで胸が張り裂けそうだ」という内容です。

人麻呂が偲んだ近江大津宮は、次のような理由で建設されました。

六六〇年、斉明天皇のもとで実質的に総理大臣的な役を担っていた中大兄皇子（のちの天智天皇）は、友好関係にあった百済から「新羅との戦いを応援してほしい」と頼まれて、六六三年、大軍となる船を率いて朝鮮半島に出兵しました。しかし、白村江（錦江河口）で中国の唐軍と組んだ新羅軍からの挟み撃ちにあい、大和・百済軍は大敗を喫しました。大和軍は、約一〇〇〇隻のうち四〇〇隻を失ったとあります。

敗走した中大兄皇子は、帰国後、九州北部の対馬や筑紫（福岡県）に防壁を建設するとともに、六六七年、斉明天皇が営んだ飛鳥川原宮《あすかかわらのみや》―飛鳥岡本宮から近江（滋賀県）の大津宮に都を移し、翌年に天智天皇として即位したわけです。防衛上の配慮から都を琵琶湖に面した奥地に下げたわけですが、貴族や庶民からは、「なんであんな田舎に……」と不満の声が上がったようです。それもあってか、壬申の乱（一一ページ参照）に勝利した天武天皇（天智天皇の弟）は、六七二年、都を飛鳥浄御原に移しました。

柿本人麻呂がこの長歌をつくったときには、大津近江宮はすでに都の痕跡を残していませんでした。遷都当初から評判が芳しくなかった都とはいえ、朝廷の跡も都の賑わいも、人の往来も途絶えて久しい首都に宮廷歌人は耐えがたい寂寥感を覚えたのでしょう。

この長歌の次に人麻呂は、次のような返歌（長歌に付ける関連の短歌）を付けています。

楽浪の
志賀の
唐崎
幸く
あれど
大宮人の船待ちかねつ

楽浪《ささなみ》の志賀の唐崎　幸《さき》くあれど　大宮人《びと》の船待ちかねつ　（巻一の三〇）

「さざ波が立つ滋賀の唐崎はいつも通りなのに、大宮人を乗せた船はいつまで待っても帰ってこない」という反歌は、大宮人が湖上での禊《みそぎ》の行事を終えて帰ってくるのを迎えるという意味があったようですが、同時に白村江の戦いで戦死した大和人への深い追悼の気持ちも含まれているのではないか、と筆者は感じています。「防人」（兵士）という表現はすでに六四六年に使われていましたが、白村江の戦いには、大和国の各地から若者たちが大挙動員されたのです。

熟田津《にぎたつ》に船乗《ふなのり》せむと月まてば
潮《しほ》はかなひぬ　今は漕ぎ出《い》でな
（巻一の八　額田王）

熟田津に
船乗せむと
月待てば
潮もかなひぬ
今は漕ぎ出でな

伊予の熟田津から大船団が百済救援に向かおうとしたときに、額田王が病身の斉明天皇に代わって詠んだ歌です。このときの威勢よさは大和軍団の大敗・百済国の滅亡で暗転し、実質的な指揮者だった中大兄皇子（天智天皇）の指導のもと、前述したように国内砦の強化という観点から近江への遷都を実現したわけです。

第1章でも触れたように、天智、天武両天皇と額田王を軸にして動いた万葉全盛期の政治の状況を、宮廷歌人でもあった柿本人麻呂が、一方では冷徹な目で、また他方では情感を込めて「恋と平和への祈り」を詠み続けたのです。一三〇〇年前に編纂された万葉集は、今も生き続け、明日の日本の行き方について多くのヒントを提供しているように思います。

言ってみれば、これが筆者の万葉感です。これからの日本人が心身ともに、さらなる豊かさを実感できて、「不戦平和国家」として国自体が世界からもっと尊敬されるようになるためにも、とくに若い人たちに約四五〇〇首の万葉集に触れてほしいと願って筆を置きます。

あとがき

「文武両道」という言葉があります。「学術・文化・芸術」と「武術・軍事・戦略」の二つの側面という意味で、「文武両道に秀でた人」などという具合に使われてきました。歴史年表をひもといていたとき、養老四（七二〇）年の欄に「大伴旅人、隼人《はやと》を討つ」という記述を見つけました。

隼人とは古代、薩摩、大隅など南九州を拠点に勢力を拡大していた部族のことですが、八世紀の初めに大和朝廷に反発する「隼人の乱」を起こしました。それを鎮圧したのが、大和軍の将軍だった大伴旅人でした。万葉集の最終的な編集者といわれる大伴家持の父、代表的な女流歌人・坂上郎女《さかのうえのいらつめ》の兄であり、自らも万葉集に哀愁を帯びた多くの名歌を残している大伴旅人は、まさに文武両道に秀でた日本人の代表例と言えるでしょう。

それから約一三〇〇年を経た今日の日本は、明治・大正・昭和期の「戦争につぐ戦争」の時代を経て内外に無数の犠牲者を出した反省から、日本国憲法という新憲法のもとで「平和国家・日本」の建設に七〇年間にわたって邁進してきました。「文武両道」より「文を優先、武は必要最小限に」の思想です。

毎年一月に皇居で行われている「歌会始」（第1章5を参照）も「文」を象徴する行事の一つで、今年の歌会始に出席した田中優子法政大学総長は、「歌は古来、天皇家と公家集団が最も尊重した文化であって、まさに日本文化の中心に位置する」と毎日新聞（二月三日付夕刊）に書いていました。今年の歌会始で披露された天皇の御製を紹介しておきましょう。

戦ひにあまたの人の失せしとふ島緑にて海に横たふ

二〇一五年四月、パラオ共和国のペリリュー島を訪問され際に、激戦で全滅した旧日本軍の守備隊約一万人を悼んでの歌と解されています。天皇、皇后両陛下は、二〇一六年一月、国交正常化六〇周年を記念してフィリピンを公式訪問されましたが、日米両軍の兵士だけでなく多数のフィリピン人が亡くなったことに触れて、晩さん会の席上、天皇は次のように挨拶されました。「先の戦争においては貴国の多くの人が命を失い、傷つきました。このことは、私ども日本人が決して忘れてはならないことであり、この度の訪問においても、私どもはこのことを深く心に置き、旅の日々を過ごすつもりでいます」

フィリピンのアキノ大統領は、謝意を表すると同時に「感銘を受けるのは、両陛下が示される飾り気のなさ、ご誠実さ、そして優美さです。両陛下が今日までいかにして責務や義務を果たされ、多大な犠牲を払われてきたのかを思うと、誰もが驚嘆せずにはいられません」とコメントしました。

早稲田高等学院の同期生で「学院馬場下会」や「学院28会」（昭和二八年入学者の会）という会合をもっていますが、堀井良造君が経営する麻生十番のそば処「更科堀井」（寛政元年創業）で「学院馬場下会」の新年会を行った際、仲間の一人である磯部雄彦君（元キャノン勤務）が、次のような趣旨の挨拶をしました。

「今、日本人の間で一番尊敬される仕事をしているのは天皇、皇后ではないだろうか」

いずれも八十路が近づいている一二人の出席者たちはみな、「その通りだね」と頷きました。とくに、天皇は五二万人近い自国の犠牲者だけでなく、日米間の激戦で犠牲になった一〇〇万人以上のフィリピン人犠牲者にも同じように追悼の気持ちを表明されました。ここに、「平和憲法の象徴たる天皇」が各国から尊敬される素地があると言えるでしょう。

一方、安倍晋三首相は、近年、中国の軍事大国化や北朝鮮のミサイル発射といった暴走もあって、新安保法制など「武の政治」に意欲的であると同時に、祖父・岸信介元首相の念願だった憲法改正（戦争放棄の九条改定や非常事態既定の挿入など）に本格的に取り組んでいます。「文の明仁天皇」、「武の安倍首相」ともいうべき二人の対照的な言動が際立つ昨今です。

本文の最後でご紹介したように、「歌聖」柿本人麻呂は、滋賀県の琵琶湖畔に立って、廃墟化した天智天皇時代の近江大津宮を懐かしむとともに、唐・新羅軍との戦いに大敗して戦死した大和軍の兵士たちの霊が安らかに帰還するよう願ったにちがいありません。

移りゆく時見るごとに
心いたく
昔の人し思ほゆるかも

（巻二十の四四八三）

時間が経ったなあと実感するたびに心が痛む。昔の人のことが思い出されて

大伴家持の歌です。私たち現代人も、万葉人の生きざまに改めて思いをはせてみようではありませんか。

株式会社新評論の武市一幸社長のすすめるままに、自作の木版画とペン画約九〇枚に添えて一〇〇首以上の万葉歌を紹介できたことは望外の幸せです。また、旧国語審議会（現文化審議会）でご一緒した、日本語学者で短歌に詳しい山口仲美埼玉大学名誉教授が冒頭言を書いてくださったことに深く感謝いたします。

「万葉さんぽ」という言葉が生まれたのは、いつ頃のことでしょうか。その言葉が定着してから、春や秋の行楽シーズンには、老若男女を問わず多くの人びとが万葉のふるさとを求めて奈良、京都、滋賀などに旅をされています。なかでも、奈良の明日香は「心のふるさと」とも言える場所です。本書を著すことで、筆者もまた大和路や京都に行きたくなりました。読者のみなさんとご一緒に行ける機会に恵まれれば幸いに思います。

宇治敏彦

二〇一六年　四月

伴坂上郎女を愛した。

【ま】

棟方志功（1903～1975）青森県出身の版画家。20世紀の美術を代表する世界的巨匠。川上澄生の版画「初夏の風」を見て版画家になることを決意。1942年以降「板画」と称し、木版の特徴を生かした作品を作り続けた。1970年、文化勲章受章。

【や】

山口仲美　（1943～）埼玉大学名誉教授。日本の国語学者。『源氏物語』や『蜻蛉日記』などの平安時代の文学の文体研究や、日本語の歴史における擬音語・擬態語（オノマトペ）の研究を専門とするほか、若者言葉の研究でも知られている。ＮＨＫ『趣味どきっ「恋する百人一首」』の案内人。

山上憶仁　（生没年不詳）侍医。憶良の親という説が有力。

山上憶良　（660？～733？）万葉歌人。701年、遣唐少録として名を記録されたのが『続日本書紀』の初出で、この時42歳で無位であった。721年頃に『類聚歌林』を編纂したとされる。

山部赤人　（？～736?）三十六歌仙の一人。

山辺皇女　（663～686）天智天皇の皇女、母は常陸娘。大津皇子の正妃。

雄略天皇　第21代に数えられる天皇。５世紀後半に在位したものと思われる。即位後も人を処刑することが多かったため、のちに「大悪天皇」と誹謗される。

弓削皇子《ゆげのみこ》　（？～699）天武天皇の第６皇子（第９とも）。『万葉集』に８首が収められている。

湯原王《ゆはらのおおきみ》　（生没年不詳）志貴皇子《しきのみこ》の子。天智天皇の孫。『万葉集』に19首が収められている。

【ら】

李白　（701～762）中国、盛唐の詩人。若い頃は任侠を好み、四川を振出しに江南、山東、山西を遊歴。42歳の時、長安に出て翰林供奉《ぐぶ》となったが、その後また放浪生活に入る。その間、杜甫とともに旅をしたこともある。

【わ】

和気清麻呂　（733～799）廷臣。道鏡が皇位を狙った時に、その野心を退けた。光仁天皇（第49代天皇）即位とともに復帰し、治水事業などを推進した。

督教大学の理事長などを歴任。

丈部稲麿《はせつかべのいなまろ》（生没年不詳）防人。

丈部造人麿《はせつかべのみやつこひとまろ》（生没年不詳）相模国の防人。

丈部与呂麿《はせつかべのよろまろ》（生没年不詳）上総（現・千葉県）の防人。

平塚運一《うんいち》（1895〜1997）松江市生まれの版画家。棟方志功らと版画随筆雑誌「版」を創刊。1962年に渡米して、日米両国で個展を開くなど創作版画の第一人者として活躍。『版画の技法』など著書多数。勲三等瑞宝章受章。

葛井連大成《ふじいのむらじおおなり》　朝鮮百済系の渡来人で、728年に従五位下となった大宰府の役人。上司に当たる大宰帥・大伴旅人が愛妻大伴郎女を失ったのち、730年に奈良の都に帰任するまでの３年余、旅人とかなり親しい間柄であった。

藤原女郎《ふじわらのいらつめ》　藤原麿の娘で、母は大伴坂上郎女ではないかとみられる。

藤原鎌足（614〜669）初め、中臣と称する。中大兄皇子と蘇我氏を倒して大化の改新を実現し、内臣として改新政治を指導した。近江令の制定にも功があり、天智天皇から大織冠の位と藤原の姓を賜わり、藤原氏隆盛の基を築いた。

藤原種継《ふじわらのたねつぐ》（737〜785）桓武天皇の信任を得て権勢をふるい、中納言時代に長岡遷都を推進。遷都反対派の大伴継人らに暗殺された。

藤原定家（1162〜1241）鎌倉前期の貴族・歌人。「小倉百人一首」を制定したことで知られるほか、『新古今和歌集』の撰者でもあり、『明月記』の作者。

藤原仲麻呂（706〜764）藤原南家の祖武智麻呂の次男で、恵美押勝ともいう。政界へ進出後、従四位上、参議となる。光明皇后などの信任を得て、大仏の造立や平城還都を推進し、749年に大納言となる。

藤原夫人（生没年不詳）五百重娘《いおえのいらつめ》のこと。藤原鎌足の子で、「大原大刀自《おおはらのおおとじ》」とも呼ばれる。藤原不比等の妹。天武天皇の夫人で、新田部皇子の母。天武天皇の没後、異母兄である藤原不比等の妻となり、藤原麻呂を産む。

藤原麻呂（695〜737）不比等の子。母は不比等の異母妹で、天武天皇夫人であった五百重娘《いおえのいらつめ》。藤原４家の一つである京家の始祖。

藤原道長（966〜1028）兼家の第５子。権大納言の地位にあった長男、次兄が相次いで没することで右大臣となって、政権の首座に就いた。

藤原頼通（992〜1074）道長の長男。通称、「宇治の関白・宇治殿」とされる。後一条・後朱雀・後冷泉三代の天皇の摂政・関白となったが、天皇外戚となりえず摂関家の後退を招いた。出家後に宇治の平等院を造った。

平群氏女郎《へぐりうじのいらつめ》　越中（富山県）の国守だった大伴家持と親交があり、12首の恋歌を家持に贈っている。

穂積親王（？〜715）万葉歌人。天武天皇の第５子で、母は蘇我赤兄の娘《おお》大蕤娘《ぬのいらつめ》。705年に知太政官事となる。異母妹但馬皇女《たじまのひめみこ》と恋愛し、晩年は大

年は不明だが、631年説が有力。大海人皇子と呼ばれ、天智天皇の弟。皇后の鸕野讃良皇女は、のちに持統天皇となった。

道鏡　(700〜772) 法相宗の僧。物部氏の一族の弓削氏の出自で、弓削櫛麻呂の子。俗姓が弓削連であることから「弓削道鏡《ゆげのどうきょう》」とも呼ばれる。

十市皇女《とおちのひめみこ》　(653?〜678) 648年生まれとする説もある。天武天皇の第一皇女（母は額田王)、大友皇子（弘文天皇）の正妃。

杜甫　(712〜770) 中国、盛唐の詩人。官名により、杜工部・杜拾遺とも呼ばれる。若い頃、科挙に落第して各地を放浪し、李白らと親交を結ぶ。40歳すぎて任官したが左遷され、官を捨てる。以後、家族を連れて四川などを放浪し、湖南で病没。国を憂い、民の苦しみを詠じた名詩を残し、後生「詩聖」と称され、李白とともに中国の代表的詩人とされている。詩文集「杜工部集」。

【な】

中西進　(1929〜) 東京都出身。東京大学卒の国文学者。成城・筑波大学などの教授を経て、大阪女子大学長、帝塚山学院学院長、京都市立芸大学長、池坊短大学長を務める。1964年「万葉集の比較文学的研究」で読売文学賞、1970年「万葉史の研究」などで学士院賞、1997年「源氏物語と白楽天」で大仏次郎賞。2004年文化功労賞。2011年小中学生のための出前授業「万葉みらい塾」で菊池寛賞。『中西進著作集』(四季社) など著書多数。

長忌寸《ながのいみき》**意吉麿**《おきまろ》　(生没年不詳) 歌人。姓《かばね》は長忌寸《ながのいみき》なので渡来系と思われる。名は奥麻呂とも記す。柿本人麻呂と同時代に活躍し、短歌のみ14首を残している。

中臣朝臣東人《なかとみあそみあづまひと》　(生没年不詳) 官人。

中臣女郎《なかとみのいらつめ》　(生没年不詳) 家持に五首の恋歌を贈っている。

中臣朝臣宅守《やかもり》　(生没年不詳) 中臣朝臣東人の子どもとされている。

夏目漱石　(1867〜1916) 小説家、評論家、英文学者。本名は金之助。江戸の牛込馬場下横町（現在の東京都新宿区喜久井町）生まれた。

新田部《にいたべの》**親王**《みこ》　(？〜735) 719年、皇太子（のちの聖武天皇）を補佐し、衛士20人、封戸500戸などを授かる。位階は一品、官職は大惣管。新田部《にいたべの》皇子《みこ》とも呼ばれる。

仁徳天皇皇后　(？〜347) 磐之媛命《いわのひめのみこと》のこと。葛城襲津彦の娘で、孝元天皇の男系来孫（『古事記』では玄孫)。仁徳天皇の皇后となり、履中天皇・反正天皇・允恭天皇の母。

額田王　(生没年不詳) 天武天皇の妃、のちに天智天皇の妃。『日本書紀』では、額田女王、額田姫王とも記されている。

【は】

橋本徹　(1957〜) 岡山県生まれ。東京大学法学部を卒業後、富士銀行（現みずほ銀行）に入行。富士銀行の頭取、ドイツ証券の会長、国際基

小野妹子を隋へ派遣し、国交を開いて大陸文化の導入に努めた。特に仏教興隆に尽力し、法隆寺や四天王寺を建立するなど多くの業績を残した。

聖武天皇　(701～756) 第45代天皇。文武天皇の第一皇子。光明皇后とともに仏教を厚く信仰し、全国に国分寺・国分尼寺を置き、東大寺を建立して大仏を造立した。

舒明天皇《じょめい》　(593～641) 第34代天皇。敏達天皇の皇孫にあたる。

城山三郎　(1927～2007) 小説家。広田弘毅を主人公にした『落日燃ゆ』をはじめ、多くの作品を発表。特に、政治家や企業経営者を扱った小説が有名。『総会屋錦城』で直木賞を受章。

須田禎一　(1909～1973) 昭和初期のジャーナリスト、中国文学の翻訳者。朝日新聞記者を経て元北海道新聞論説委員となり、コラム「卓上四季」を執筆。60年安保などで岸政権を批判する論説を展開して注目を集めた。

蘇我入鹿《そがのいるか》　(？～645) 豪族。蝦夷《えみし》の子。皇極天皇に仕えて権勢を振るい、山背大兄王の一家を滅ぼして全盛を誇ったが、大化の改新で中大兄皇子(天智天皇)らに暗殺された。

蘇我蝦夷《そがのえみし》　(？～645) 豪族。馬子の子で、入鹿の父。626年、父の死後、大臣になったらしい。推古天皇が皇嗣を定めることなく崩御したため、皇位継承問題が起き、周りの反対を強引に押切って田村皇子を皇位に就かせた。

【た】

高安大島《たかやすのおほしま》　(生没年不詳) 文武３年(699) １月、持統天皇の難波宮行幸に随行した。

高市皇子《たけちのみこ》　(654？～696) 天武天皇の皇子(長男)、母は尼子娘。壬申の乱の時、近江大津京を脱出して父に合流し、美濃国不破で軍事の全権を委ねられ活躍した。持統天皇の即位後は太政大臣になった。

橘奈良麻呂《たちばなのならまろ》　(721～757) 官人。父は諸兄、母は藤原不比等の娘多比能。736年年、父らとともに橘宿禰《すくね》の姓を賜わる。

橘諸兄《たちばなのもろえ》　(684～757) 皇族・公卿。初名は葛城王(葛木王)で、臣籍降下して橘宿禰 のち橘朝臣姓となる。敏達天皇の後裔で、大宰帥・美努王の子。

中馬清福《ちゅうまきよふく》　(1935～2014) ジャーナリスト。鹿児島市生まれ、東京都立大学(現・首都大学)を卒業後、朝日新聞社入社。1994年論説主幹、1995年取締役、1996年常務大阪本社代表、1998年専務、2000年西部本社代表取締役専務・編集担当などを経て2001年退任。2005年２月信濃毎日新聞主筆、2014年４月同社論説顧問。

津守連通《つもりのむらじとおる》　(生没年不詳) 奈良時代初期の渡来人系の陰陽師。「津守連道」ともいう。

天智天皇　(626～672) 第38代天皇。大海人皇子の兄で中大兄皇子と呼ばれる。中臣鎌足らと謀って蘇我入鹿を暗殺し、大化の改新を行った。

天武天皇　(？～686) 第40代天皇。生

の恭仁京遷都前後、家持と歌を贈答する。遷都後、早い時期に新京に仮住居を建てていることから、女官だったかと推測される。『万葉集』には12首が収められている。技巧的で妖艶、万葉後期の典型的な作風を示す歌人の一人。

桐生悠々　(1873～1941) 東大卒後、下野新聞、大阪毎日、大阪朝日、信濃毎日、新愛知（現中日新聞）などで記者や主筆。信毎主筆当時の1933年、「関東防空大演習を嗤《わら》ふ」という社説を書いて、陸軍などからにらまれて退社。以後も、反戦的な執筆活動を続けた。

草壁皇子　(662～689) 天武天皇の皇子で、母は持統天皇。壬申の乱の時、11歳で父に従って東方に向かった。681年に皇太子となったが、天武天皇の第３子大津皇子の謀反があったため、天皇の死後、皇后（持統天皇）は称制の方法をとって皇子を即位させなかった。

孝謙天皇　(718～770) 第46代天皇。聖武天皇の第２皇女で、母は光明皇后。橘奈良麻呂の乱後、淳仁天皇に譲位して、上皇として道鏡を寵愛して天皇と対立。藤原仲麻呂の乱後、天皇を廃して重祚《ちょうそ》し、称徳天皇となった。

幸田文　(1904～1990) 小説家、随筆家。幸田露伴の次女。1922年、女子学院卒業。結婚後、１女を連れて離婚。以後、父露伴が没するまでその傍らにあって家政を担当した。『流れる』『黒い裾』などの作品がある。

光明皇后　(701～760) 聖武天皇の皇后で、藤原不比等の娘。長屋王の変の後に皇后となる。仏教をあつく信じ、悲田・施薬両院を設け、東大寺大仏・国分寺・国分尼寺の造立に深いつながりをもつ。

【さ】

斉明天皇　(594～661) 舒明天皇の皇后で、中大兄・大海人両皇子の母。642年に第35代皇極天皇として即位し、大化の改新で退位。655年に再び即位して斉明天皇（第37代）となる。宮殿や饗宴施設の建設など、飛鳥で土木工事を敢行した。661年、遠征先の九州で死去。

坂上大嬢《さかのうえのおおいらつめ》　(生没年不詳) 大伴宿奈麻呂と坂上郎女の長女で、妹に坂上二嬢がいる。大伴家持の従妹で、のち正妻になる。大嬢を「おほひめ」「おほをとめ」などと読む説もある。

狭野茅上娘子《さののちがみのおとめ》　(生没年不詳) 奈良中期の女流歌人。

志貴皇子《しきのみこ》　(？～716) 天智天皇の第７皇子。芝基皇子、または施基皇子（施基親王）、志紀皇子とも記す。

持統天皇　(645～703) 第41代天皇。実際に治世を遂行した女帝。名は鸕《う》野讃良《ののさらら》。

淳仁天皇　(733～765) 第47代天皇。

定慧《じょうえ》　藤原鎌足の子

聖徳太子　(574～622) 用明天皇の皇子。名は廏戸豊聡耳皇子。聖徳太子は諡名。推古天皇の摂政として政治を整備した。「冠位十二階」「十七条憲法」を制定。国史の編纂を行い、

郡の大部分と天理市南部および桜井市西北部などを含む一帯）の氏族。三輪氏あるいは大三輪氏とも表記する。氏の名は、大和国城上郡大神郷の地名に由来する。684年11月に朝臣姓を賜り、改賜姓52氏の筆頭となる。飛鳥時代の後半期の朝廷では、氏族として最高位にあった。

小野妹子　（生没年不詳）607年、聖徳太子に登用されて最初の遣隋使として中国に渡った。その後、聖徳太子の外交政策の実践者の役目を務めた。

小野老《おののおゆ》　（？～737）貴族、歌人。系譜は明らかでないが、一説では中納言小野毛野の子とされている。

【か】

鏡王女　（？～683）歌人。舒明《じょめい》天皇の皇女・皇妹とも、額田王の姉とも言われている。天智天皇に愛され、のち藤原鎌足の妻となっている。

柿本人麻呂　（660頃～720頃）名は「人麿」とも表記される。後世、山部赤人とともに「歌聖」と呼ばれたほか、三十六歌仙の一人でもある。

笠女郎《かさのいらつめ》　（生没年不詳）大伴家持とかかわりのあった十余人の女性の一人で、大伴坂上郎女とならび称される女性歌人。『万葉集』には29首が収載されている。

春日王《かすがのおおきみ》　（？～745）志貴皇子《しきのみこ》の子。兄弟に白壁王《しらかべのおおきみ》（のちの光仁天皇）、湯原王《ゆはらのおおきみ》、海上女王《うなかみのおおきみ》らがいる。723年、従四位下に叙せられたが、詳しい経歴は不明。

金子岩三　（1907～1986）旧科学技術庁長官も務める。鈴木善幸元首相と並んで、自民党の水産族議員として知られた。1984年、勲一等旭日大綬章受賞。

鴨長明　（1155～1216）平安末期から鎌倉時代にかけての歌人・随筆家。禰宜・鴨長継の次男。『方丈記』（1212年）は和漢混淆文による文芸の祖とされ、日本の三大随筆の一つ。

鑑真　（688～763）中国・唐の僧侶で、人生半ばで失明。日本から唐に渡った栄叡らの要請に応じて日本への渡航を試みること五回に及んだが、悪天候などで果たせず、六度目に来日が実現した。聖武天皇などの菩薩戒を授けた。唐招提寺に鑑真和上像がある。

桓武《かんむ》**天皇**　（737～806）第50代天皇。794年に都を平安京に遷した。坂上田村麻呂を征夷大将軍として東北地方に派遣するなど、朝廷権力を大きく伸張させた。

絹谷幸二　（1943～）洋画家。2008年、35歳以下の若手芸術家を顕彰する「絹谷幸二賞」を毎日新聞社主催にて創設。2010年に東京芸術大学名誉教授に就任。

紀女郎《きのいらつめ》　（生没年不詳）紀朝臣鹿人の娘で、安貴王の妻。『万葉集』巻８には「紀少鹿女郎」ともある。養老年間（717～724）以前に安貴王に娶られる。安貴王は養老末年頃因幡の八上采女を娶った罪で本郷に退却せしめられ、紀女郎の「怨恨歌」（万葉集巻四）はこの事件ののち夫と離別する際の歌かと言われる。740年

部卒業後、文部技官、法隆寺国宝保存工事事務所長などを歴任。『奈良の寺（日本の美術７）』（平凡社、一九六五年）などの著書がある。

大舎人部千文　（生没年不詳）奈良時代の防人。常陸（現・茨城県）の人。755年に筑紫に派遣されている。

大伯皇女《おおくのひめみこ》　（661～701）天武天皇の皇女。母は天智天皇の皇女である大田皇女。「大来皇女」とも書く。673年に伊勢斎宮に任じられたが、686年、同母弟大津皇子の謀反事件が起こって任を解かれた。

太田道灌　（1423～1486）上杉定正の執事となり、1457年、江戸城を築城した。兵法や和歌に長じていたが、定正により謀殺された。

大津皇子　（663～686）皇族政治家、歌人、漢詩人。天武天皇の第３皇子で、母は大田皇女《ひめみこ》。同母の姉に大伯皇女《おおくのひめみこ》がいる。壬申の乱の時、近江を脱出して父の一行に合流した。

大伴坂上郎女　（生没年不詳）奈良時代の代表的歌人。大伴安麻呂と石川内命婦の娘。大伴稲公の姉で、大伴旅人の異母妹。大伴家持の叔母で姑でもある。

大伴宿禰宿奈麿《おおとものすくねすくなまろ》　（生没年不詳）大伴安麻呂の三男。

大伴宿禰池主《おおとものすくねいけぬし》　（生没年不詳）没年は757年とされている。系譜なども未詳で、祖父麻呂の庶子とみる説、牛養の子とする説などがある。738年頃、珠玉を求むる使いとして駿河国を通過している。

大伴宿禰書持《おおとものすくねふみもち》　（？～746）父は旅人で、家持の同母弟。『万葉集』には12首が掲載されている。

大伴旅人《おおとものたびと》　（665～731）貴族で歌人。隼人の反乱の報告を受け、征隼人持節大将軍に任命されて反乱の鎮圧にあたる。

大友皇子　（648～672）1870年に諡号を贈られて弘文天皇（第39代。在位：672年１月～８月）として認められたが、即位したかどうかは定かではない。

大伴吹負《おおとものふけい》　（？～683）武人。大伴咋《くい》の子で、大伴長徳《ながとこ》、大伴馬来田《まくだ》の弟。壬申の乱では大海人皇子に味方して飛鳥京を占拠し、将軍に任命される。難波に進出し、以西の国司を服従させた。

大伴馬来田《まぐた》　（？～683）武人。大伴咋の子。大伴吹負の兄。壬申の乱では大海人皇子（のちの天武天皇）に従った。

大伴家持《おおとものやかもち》　（718～785）貴族、歌人。大納言・大伴旅人の長男。

大伴安麻呂　（？～714）大伴旅人の父。壬申の乱で功績を立て、大納言・大将軍となった。

大伴四綱　（生没年不詳）官吏。729～749年頃に大宰府防人司佑《さきもりのつかさのじょう》を務めた。

大平正芳　（1910～1980）香川県生まれ。外務大臣、通商産業大臣、大蔵大臣などを歴任したあと、内閣総理大臣（第68・69代）を務めた。

大神朝臣　大神氏《おおみわうじ》は「大神」を氏の名とする氏族。大神神社（奈良県桜井市）を祀る地方（現在の奈良県磯城

本書に登場する人物紹介

【あ】

会津八一　(1881〜1956) 歌人、書道家。秋艸道人と号した。文学博士で早大で美術史などを講義。全部かたかなで大和を詠んだ『鹿鳴集』(1940年) などがある。

芥川龍之介　(1892〜1927) 小説家。『羅城門』『鼻』などのほか、『蜘蛛の糸』などの児童向けの作品もある。

阿倍女郎《あべのいらつめ》　(生没年不詳) 和銅・宝亀《ほうき》(708〜780) の女性。中臣東人《なかとみのあずまひと》との贈答歌など5首が『万葉集』(巻3、4) に収められている。

安倍女郎《あべのいらつめ》　上記とは別人とみられている。

新井満　(1946〜) 作家、作詞作曲家、歌手、写真家、環境映像プロデューサー、絵本画家と様々な顔をもつ。長野冬季オリンピック開閉会式イメージ監督。『千の風になって』を作曲、訳詞し、自ら歌って大ヒットした。

伊賀采女宅子娘《いがのうねめやかこのいらつめ》　(生没年不詳) 大友皇子の母。

石川女郎《いしかわのいらつめ》　大和・奈良時代の女流歌人。『万葉集』に同名の7人が登場するが、実在したのは3人から5人とする説が有力。①久米禅師と歌を贈答した石川女郎。②大津皇子と歌を贈答した石川女郎。③日並皇子《ひなみしのみこ》に歌を贈られた石川女郎。④大伴田主と歌を贈答した石川女郎。⑤大伴宿奈麻呂に歌を贈った石川女郎。⑥大伴安麻呂の妻の石川郎女。⑦藤原宿奈麻呂の妻の石川女郎。

石原慎太郎　(1932〜) 政治家、作家。1999年から2012年まで東京都知事。

井上慶覚　(1899〜1969) 奈良県大和高田市生まれ、7歳にして金剛山寺にて得度。高野山中学・日本大学法学部を経て矢田寺北僧房に住む。1931に法輪寺代表。聖徳宗教綱兼教学部長の職にありながら民生委員・保護司・公安委員・人権擁護委員などを務めた。落雷で失った三重塔の再建を悲願とし諸方行脚し、1966年、三重塔再建に着手するも完成を見ずに死去した。

忌部首《いむべのおびと》　(?〜719) 飛鳥から奈良時代にかけての貴族。名は「子首」、「子人」とも記される。神祇頭・忌部佐賀斯の子とする系図がある。壬申の乱 (672年) の時、大海人皇子側について倭京を守備した。682年に帝紀と上古諸事の編纂員となり、中臣大島と共に初期の中心となった。死後の702年、これは『日本書紀』として完成。

恵行《えぎょう》　(生没年不詳) 奈良時代の僧。750年、越中 (現・富山県) 国分寺で僧尼を監督し、経典を講義する講師を務めた。短歌1首が『万葉集』巻19にある。

江利チエミ　(1937〜1982) 昭和期に活躍した歌手、女優、タレント。

大岡実　(1900〜1987) 東京大学工学

著者紹介

宇治敏彦（うじ・としひこ）

ジャーナリスト、万葉版画家。1937年大阪生まれ。早稲田大学卒業後、旧東京新聞社を経て中日新聞社に入社。論説主幹、編集担当取締役、専務取締役、東京新聞代表など歴任。現在、相談役。ほかにフォーリンプレスセンター評議員、日本生産性本部幹事、日本政治総合研究所常任理事など。

万葉版画を東京新聞の関連紙「暮らすめいと」に連載中のほか、ブログ雑誌「埴輪」に「宇治美術館」として掲載している。

木版画展覧会を４回開催したほか、『木版画　萬葉秀歌』（蒼天社出版、2009年）を出版。ほかに『政《まつりごと》の言葉から読み解く戦後70年』（新評論、2015年）、『実写1955年体制』（第一法規、2013年）、『心を伝える』（チクマ秀版社、1998年）、『中国問診』（東京新聞出版局、1979年）など、著書多数。

版画でたどる万葉さんぽ

—恋と祈りの風景—

2016年６月10日　初版第１刷発行

著者　宇　治　敏　彦

発行者　武　市　一　幸

発行所　株式会社　新　評　論

〒169-0051
東京都新宿区西早稲田３-16-28
http://www.shinhyoron.co.jp

電話　03(3202)7391
FAX　03(3202)5832
振替・00160-1-113487

落丁・乱丁はお取り替えします。
定価はカバーに表示してあります。

印刷　フォレスト
製本　中永製本所
装丁　山田英春

Printed in Japan
ISBN978-4-7948-1039-7

《シリーズ近江文庫》好評既刊

筒井正夫

近江骨董紀行

城下町彦根から中山道・琵琶湖へ

街場の骨董店など隠れた“名所”に珠玉の宝を探りあて，近江文化の真髄を味わい尽くす旅。

［四六並製　324頁+口絵４頁　2500円　ISBN978-4-7948-0740-3］

山田のこ　　★第１回「たねや近江文庫ふるさと賞」最優秀賞受賞作品

琵琶湖をめぐるスニーカー

お気楽ウォーカーのひとりごと

総距離220キロ，琵琶湖周辺の豊かな自然と文化を満喫する旅を軽妙に綴る清冽なエッセイ。

［四六並製　230頁+口絵４頁　1800円　ISBN978-4-7948-0797-7］

滋賀の名木を訪ねる会 編著

滋賀の巨木めぐり

歴史の生き証人を訪ねて

近江の地で長い歴史を生き抜いてきた巨木・名木の生態，歴史，保護方法を詳説。写真多数掲載。［四六並製　272頁　2200円　ISBN978-4-7948-0816-5］

スケッチ：國松巖太郎／文：北脇八千代

足のむくまま

近江再発見

精緻で味わい深いスケッチと軽妙な紀行文で，近江文化の香りと民衆の息吹を伝える魅惑の画文集。［四六並製　296頁　2200円　ISBN978-4-7948-0869-1］

児玉征志　　★第３回「たねや近江文庫ふるさと賞」最優秀賞受賞作品

「びわ湖検定」でよみがえる

滋賀県っておもしろい

渡岸寺の十一面観音像（国宝）に魅せられ，「びわ湖検定」の旅で活力をとりもどした男の物語。

［四六並製　278頁　2000円　ISBN978-4-7948-0905-6］

＊表示価格は本体価格（税抜）です。